黄裳集

创作卷Ⅷ

黄裳论剧杂文 彩色的花雨（下）

山东人民出版社·济南
国家一级出版社 全国百佳图书出版单位

黄裳先生（右）与周汝昌先生合影

《彩色的花雨》1988 年上海三联书店初版书影

目　录

黄裳论剧杂文

《人间说戏》（1980）及其他

彩色的花雨

黄裳论剧杂文

《人间说戏》(1980)及其他

反封建离不开旧戏

——人间说戏之一

很有一阵子人们对京剧的前途十分担心，怕它会为今天的观众所抛弃。理由是它所表现的内容和使用的艺术手段都距离今天太远了，青年观众不懂也不爱看。同时还认为，这些产生于封建社会的传统剧目，所宣传的无非是封建的思想意识，在反封建任务十分紧迫的今天，能起怎样的作用也是值得怀疑的。

这些意见的出现，表现了人们对京剧的关心，也确实引起了不少困惑。形势在发展，事物在变化，一年以来出现的一些新情况值得高兴，说明京剧虽然是很古老的剧种，并受到过极严重的摧残，但还有着旺盛的生命力，还没有失去广大观众的支持。它不会死亡，它还将生存下去并有所发展。自然，一些处于萌芽状态的东西还没有到足以进行判断、总结的时机。这里我想说的只是，反封建是离不开旧戏的，或更明白一些，在反封建的宣传和实践中，我们不应拒绝使用旧戏这个武器，有时它正是绝妙的不易取代的一种武器。

旧戏产生于旧时代，这是不错的，但创造、丰富、发展了旧戏的却是受迫害、受侮辱的一群，这也是事实。他们不会心甘情愿地为封建统治阶级粉饰太平，无论在怎样的情况下，总免不了会透露出这样那样离经叛道的痕迹，是一点都不奇怪的。有些则正是“奴隶的语言”，在满台“光明”中，却使观众看到了最冷酷的黑暗。艺术的生命始终不能不是真实。最高明的讽刺是如实地记下了某些社会畸形事态，并不附加任何评论。至于在压迫的缝隙里，时时显露一些普通人的美好愿望，描绘一下他们理想的生活，作为一种自我安慰、激励、娱乐的就更多。至于彻头彻尾反动的东西，当然也不是没有，但那是与林彪、江青反革命集团的罪状一样，作为一种“罪证”，也有充分的理由看作一种反面教材，使我们时时头脑清醒。

旧戏的力量与影响是很大的。至今我们还没有来得及进行真正的研究、总结。它给人民留下了封建的“余毒”，但也不只是“余毒”。今天，也不只是老头子，不知道包青天的是很少的。一提起秦香莲，谁都知道那是怎样一位不幸的妇女，简直可以作为一种特定社会现象的提示，非常简单、明确、丰富，比一大套废话高明有效得多。新出现于新闻标题的“衙内”，一下子就抓住了事物的特征，这也不能不说是旧戏的功劳。

一九八〇年十二月

衙内

——人间说戏之二

衙内，看来应是一个元代的流行词汇，它的特定概念，也是由关汉卿的戏文、小说《水浒传》等作品中出现的形象开始逐步明确并规定下来的。直到今天，只要一提起衙内，我们就能立即懂得这是怎样一种事物，不能说不是古典作品中一种成功的典型。

早于元代，这样的人物肯定也不是没有，只是因为元代这类人物出现得更多也更为凶恶，才产生了这样一种名色。

旧戏里出现的衙内的标准特征之一是喜欢强抢民女。这当然只是一种概括，衙内们的本领肯定不止这一点。另外一个特点是，衙内和他们的老子是完全不可分割的，这是一种清清楚楚的封建依存关系。

也是关汉卿笔下的“权豪势要”鲁斋郎，有一段自白，是有代表性的：“小官嫌官小不做，嫌马瘦不骑……但见人家好的玩器，怎么他倒有，我倒无，我则借三日玩看了，第四日便还他。”对待女人的原则也是一样，他的自我鉴定则是“我是个本分的人”。

《望江亭》里的杨衙内，要谋取寡妇谭记儿作小夫人，不料却被白士中事先“无理”娶去。因此“奏知圣人”，“奉着圣人的命，差人去摽了白士中首级”，讲的也是同样的“道理”。

在《野猪林》中抢了林冲娘子的高衙内，是观众熟悉的知名人士，但在《艳阳楼》里我们才知道他的大名是高登。杨小楼对这个人物的创造，是值得注意的。他打了脸，但不是白鼻子；他武勇，并不像《铁弓缘》里丑公子之不成气候；他颇有“英雄气概”，但其实是一个“大灾星”。杨小楼并没有在外形动作上丑化高登，但那刻画、批判的深度是使人难忘的。

高登有四句摇板：“我父在朝为首相，亚赛东京小宋王。人来带马会场上，顺者昌来逆者亡。”要言不烦，把“衙内哲学”的全部精蕴都表现无遗了。

在戏文里，衙内总是没有什么圆满可喜的结局。这是广大观众的意愿，演员也总是高兴地满足了这意愿。这就完全可以说明，为什么在报纸上揭露了一个“衙内”的劣迹，读者会那么愤慨并高兴。“大寨党支部前领导人”（这个名字太长了，写起来也困难）的“衙内”，所作所为实在古怪，仿佛完全不像是今天发生的事情。比起他的前辈来，本领和气魄自然也高得多，也只在这一点上可以看出一点“时代气息”。至于他所信奉的“衙内哲学”，却是完全没有走样、掺水的老货。

有些同志说京戏已经过时，不再能适应时代的需要了。我看恐怕不一定。

难答的问题

——人间说戏之三

一位老作家曾经指出过一种现象：在孩子中间有一个时期养成了一种习惯，看戏、看电影时，只要出来一个人，孩子就要问，这是好人还是坏人。这是很令人头痛的，上了几岁年纪的人可能都有过这样的经验。

在前些年只有八个“样板戏”的时候，这问题是比较容易回答的。在那里好人总是挺胸腆肚，气概轩昂；坏人一律獐头鼠目，举止猥琐。何况在不同人物身上还总是打上强烈的红光、蓝光，甚至使一切都看不清楚的黑光，对孩子“是好人还是坏人”那样的发问，闭起眼睛都能回答，用不着伤脑筋。

可是看旧戏时，这问题就要变得复杂一些了。有人发现了一种便捷的办法，就是看脸谱。只要脸上涂得一塌糊涂的，就一定是坏人，反之则是好人，这方法有时好像很灵，但又不尽然。杨七郎的面孔并不怎么美，却是为国捐躯的勇士；崇公道确有一个白鼻子，难道他是坏蛋么？

何况还有缺乏脸谱可据的时候。有一位作者说过，他带孩子去看田汉编剧的《谢瑶环》，公堂之上，两边站着衙役之类的角色，他们是不画脸谱的。一会儿，他们把“好人”拉下去打屁股了；过了一会儿，起劲打着“坏人”屁股的也还是他们。这就令人糊涂。对孩子的发问也只能沉默，或大呼一声：“闭嘴!”

等到林彪提出“好人打坏人”“坏人打好人”……那一套绕口令“理论”以后，问题就更变得复杂，终于使全国许多人都糊涂起来。那后果是大家都清楚的。有的人被莫名其妙地痛打了一顿，还心甘情愿地自认为“坏人”，原因就是打人者早已被指定为“好人”的缘故。

前些时出现过一个写小骗子的话剧。他在社会上到处串来串去，使各色大小人物都上了当，受了骗，出了丑。有人就说，这是想出老干部的洋相，才把他们的脸全部抹黑，但有些人对骗子却充满了同情。对这个问题我曾经想过，我觉得那些上当受骗的人，并不一定都是坏人，也没有必要一一打倒。至于那个小骗子，当然不能同情，他是该被逮捕法办的，戏也这样写了。不过他是不是应该承担一切责任，好像也难说。到底是怎么会弄成这个样子的呢？幸亏这个戏因为有争议，没有上演，没有被孩子们看到，否则不停地发起问来，那可不得了。

十年浩劫期间，要搞什么“清理阶级队伍”之类的事，可以说是孩子们的问题的放大，不过缺少一点孩子们的单纯。结果如何，那是大家都知道的。

脸谱

——人间说戏之四

旧戏里的脸谱实在是一种奇妙的东西。过去人们也曾加以研究并给以种种解释，象征性、图案性……异说纷纭，仿佛很有点神秘，但没有谁敢指出它的写实性。我们在马路上走来走去，确是谁也没有见过一只花鸡蛋似的面孔。最近看了公审林彪、江青反革命集团的电视，又看到漫画家的一些漫画，好像悟出一点道理来了，张春桥一言不发，歪在被告席上，眼梢下垂，嘴角倒挂，满脸仇恨、怨毒、咬牙切齿的神色。看电视的人几乎是异口同声地称之为“奸臣相”。这是怎样的一种“相”呢？无论《麻衣神相》或素描手册里都没有讲起，但亿万群众的评判实在是再确当也没有。他们根据的是什么呢？回答也只能是从旧戏舞台上得来的知识和印象。

“奸臣”或“白脸奸臣”给人们的印象是极深刻的。曹操、潘仁美、司马懿、贾似道、葛登云……都有一副大白脸，不过内行的观众一眼就能看出那是谁，用不到等他们开口自报家门。观众靠什么来判断呢？不过是散布在大白脸上的一些简单的黑色细细的纹路。据老伶工谈他们多年的勾脸经验，这些简单的纹路，不是随随便便画出来的。有流派，有师承，有准谱，也就是多少艺人长年累月创作经验的积累。不但能画出不同人物的性格特征，还能显示不同时期、事件中人物的特定神情，甚至身份和年龄。譬如《捉放曹》里的青年曹操和《长坂坡》《群英会》中的丞相，直至《阳平关》里的魏王，都有细微但精确的变化。不能不承认，脸谱虽然有点神秘，但到底还是从生活中来的。

漫画家大概都是深知此中三昧的。他们只用几笔，就能勾出江青、张春桥……的面孔、神情，把丑类们在纸上再现出来。

一条死狗样的张春桥，在法庭上一直眯紧着一双贼眼。但当别人出庭揭发作证时，也忍不住要偷偷斜着眼盯过去，这是充满了惊慌、仇恨、失望、无可奈何……非常复杂的一眼。这，我们在舞台上也见过。《四进士》里的顾读，当宋士杰当堂揭露他的罪行时，投过去的也就是这样的眼色，不过比起张春桥来，无论内容、深度都差得远了。

有谁要编京戏现代剧，并安排张春桥之流出场的话，他们的脸谱大致都已可以确定，人民心中有数，漫画家也提供了初步的设计，一切都可以不成问题。

还有眏着一双贼眼的姚文元，貌似“酒囊饭袋”、其实狡猾异常的黄永胜……他们也都各有自己的脸谱，人们也都能从旧戏舞台上找到他们的类型。想想多少年来，全国人民就给这一群“司令”“棍子”摆弄，真是气数！现在到底到了吐出这一口闷气的时候，不亦快哉！

二丑

——人间说戏之五

鲁迅介绍过一种浙东戏班中的角色：二丑（二花脸）。在京戏里，也许可以类比为“方巾丑”，不过也不全是。《群英会》中的蒋干是“方巾丑”，不过他其实还算是老实的。他对曹操忠心耿耿，从来没有想到过要拆他的台脚。过江盗来了假书，使曹操上了当，杀了蔡瑁、张允，直至此时蒋干还不明白自己干了不可饶恕的蠢事，犯了大错误，却还想去讨赏。这就说明他真“忠厚”“老实”得简直有点可爱了。

《审头刺汤》里的汤勤，有点像了，不过我们在全剧中还不曾看到他拿出那特别的一手来。他没有机会在有严世蕃在场时向观众“打背弓”，表示他已看出主子就要倒楣的“预见”。不过推情度理，在适当的场合，他必然要这么办的。

这一手，并不说明二丑的高明，正是说明了他的怯懦。

前些日子在电视里看公审张春桥。特别审判庭上公布的材料，说明了张春桥在不同场合都曾表示过早已横下了杀头的决心，大概就是这类的表示。当张春桥开始放手大乱中国、杀人如草的时候，是总不免有些心虚胆怯的。他担心于这种反革命勾当日子长不了，也肯定不会有好下场，不过也只能这样干下去。林彪这座冰山倒了，又立即收拾溃兵，重组了“四人帮”，越发破釜沉舟地干起来。准备杀头的话大概就是这时说出来的。张春桥咬牙切齿，对部下和自己的女儿发出这种“悲壮”“誓言”时，已经丧失了二丑特有的潇洒自如。此时他早已摆脱了帮闲的身份，成为“杀人公司”的合伙老板，哪里还能飘飘然。他只有鼓舞军心、激励斗志，并时时警告他手下的二丑们不可动摇反革命到底的决心。

二丑的重要特征之一大约是这样：他们自知或自命为清客与帮闲，不是主人，只是伙计。自然只关心自身的利益，不顾主人的安危。受着主人的豢养，分着权势的余炎时，是心安理得的，同时也保留着清醒的估计，不过并不说出，只暗暗盘算着到别处去帮闲的打算。在他们看来，其实这也是一种铁饭碗，不管在什么地方搞得天怒人怨，不可收拾了，只要换个地方依旧“清清白白”，可以照老样行事。应该清醒地看到，希望在今天的社会里完全没有二丑，是不实际的。如果二丑充斥，或许多人都沾染了二丑的脾气，那可是极端严重的现象。二丑们有一天也会发现，铁饭碗没有了，也再无处投靠。请想一下，那将是怎样的一种局面呢？

舞台上的曹操

——人间说戏之六

六十年代初曾兴起过一阵为曹操翻案热，历史学界许多著名学者参加了讨论，大家一致认为，多年来曹操在戏台上被扮成一个白脸的奸臣，是冤枉的，应予恢复名誉。这个讨论是在历史学的范围里进行的。至于曹操是从什么时候开始，由于怎样的原因，才被涂成了大白脸，则很少研究。

其实给曹操平反最早的是鲁迅，那是五十多年前的事了。鲁迅说："曹操是一个很有本事的人，至少是一个英雄，我虽不是曹操一党，但无论如何，总是非常佩服他。"但同时也指出了曹操的许多特点、缺点。譬如说，曹操做过许多行为与议论相矛盾的事，换句话说，很有点两面派的气味。"然而事实上纵使曹操再生，也没人敢问他，我们倘若去问他，恐怕他把我们也杀了。"这是很冷静、尖锐的意见。曹操其实是一个很有本事的暴君，封建统治阶级中突出的有代表性的人物。

无论是《三国演义》或据以改编创作了戏文的作者，他们对曹操有意见，多半由于曹操篡夺了汉朝的正统。他们其实也并非偏爱刘备，只是生活在国家民族遭到深重灾难的时代，不能不深深怀念历史上统一强盛的汉王朝，因而对破坏了“正统”的人，如曹操，不能不非常讨厌。

曹魏是短促的朝代，后世对这一代人物的评论好话少而坏话多，这也是鲁迅曾经指出过的事实。不过像旧戏舞台上对曹操那样集中地加以批判、揭露，却是一种值得注意的现象。虽然批评的是一位隔了几代的封建统治者，但到底是批评了他，不能说不是我国古典戏曲中一种值得重视的传统。在封建社会里，即使批评的是前朝的皇帝，当今的皇帝也会不舒服并疑心的，他们会对号入座，怀疑人们在借古喻今、指桑骂槐。因此这样做很需要一点胆量。

像《击鼓骂曹》这样的剧目，就是直指他对待知识分子的手段的，用意十分鲜明，早期的本子出于明徐文长之手，是《四声猿》之一。《群英会》《华容道》等则写他如何吃了败仗，《战濮阳》更写他战败以后“割须弃袍”的狼狈情景。就在大获全胜的《长坂坡》以及《挂印封金》《灞桥挑袍》里面，也写的是曹操的失败与无可奈何。加上前期的《捉放曹》放手写了他的两面派性格、行径，川戏《议献剑》中的曹操，则索性由大白脸降格为小白脸，可见千百年来演员、观众对他一直有着怎样一种感情。人们没有抹杀他的能干与建立的勋业，着重批评的是他品质上的劣点。这当然也是一种特色。在这些剧目中，都多多少少有一些史实根据，但着力刻画的却是人物。谁想在人民的印象中抹去曹操白面奸臣形象，恐怕是很困难的，但这一切都不妨碍人民喜爱舞台上出现的这个出色的艺术典型。

又说曹操

——人间说戏之七

前年写过一篇《舞台上的曹操》，我在文章里说过，最早为曹操翻案的是鲁迅。

有人说，给曹操翻案，最早的不是鲁迅，而是胡适和钱玄同。其实过去替曹操打过抱不平的人很不少。记得宋人笔记里就有一段故事，说小孩子围着说书人听他说三国故事。听到刘备吃败仗，就愁眉苦脸；听到曹操吃苦头就眉飞色舞。写这节笔记的人的意思很明白，小孩子缺乏经验，给说书人牵着跑了。论时代先后，这算是较早为曹操说公道话的一例。是不是还有更早的例证呢？不敢说。

自从曹操出世以来，人们对他的态度就一直没有一致过，有人赞成，有人反对，舆论一律的事是从来就不存在的。

但只有到了鲁迅，才旗帜鲜明地、全面地、实事求是地做出了使人信服的分析，给曹操做了结论。与过去的枝节的、零碎的、片面的意见不可同日而语，在这个问题上说出了有分量的话的，他是第一个人。

我又曾说过，在六十年代初，兴起了一阵为曹操翻案热，在讨论中大家取得了一致的意见。

所谓翻案，其实就是平反，是实事求是地推翻一切强加于人的诬蔑不实之词，恢复事物的本来面目。但不能一提平反，就把一个人说得十全十美，一点缺点错误都没有了；确有实实在在的缺点错误，还是要指出，这不能一概称之为"留尾巴"。当然，别有用心的掉枪花不在此例。

自郭沫若登高一呼，为曹操翻案以来，大家群起响应，人们都同意曹操过去被涂成大白脸是有些冤枉的。这种主要倾向的一致性，从六十年代初期三联书店编印的《曹操论集》中可以看得很清楚。当然在一致之中也有不一致的地方，许多作者同时指出了曹操的缺点与错误。我看这正是那一次讨论的一个很大的优点。人们保持着清醒的头脑，肯独立思考，不人云亦云，没有搞一窝蜂。但这不能说他们不同意为曹操翻案，不主张洗掉他脸上的白粉。

这是绝对不能混为一谈的两码事。

譬如，曹操借宗族性的地主武装力量镇压黄巾起义，这就不能加以恭维，说他打黄巾打得好。正如我们说岳飞是民族英雄，却不去称赞他镇压杨么。也许有人会说，岳飞是要抗金的，杨么却在内部捣乱，妨碍、削弱了抗金的力量，所以非加以消灭不可。这也不能说不言之成"理"，可惜是歪理，和蒋介石的"攘外必先安内"论走到一起去了。

因此，说人们在为曹操翻案的问题上取得了一致，但在对曹操的全面评价上态度又并不一致，是并不矛盾的。事物本来就应该如此。我们必须努力摆脱形而上学思想方法的束缚。

鲁迅真是值得佩服。他第一个令人信服地给曹操翻了案，但同时指出了曹操的缺点、错误。他称曹操为英雄，但并不号召大家向曹操学习。他头脑清醒，没有形而上学，他喜欢说“俏皮话”，但不说过头话。我们应该好好地、老老实实地向鲁迅学习。

一九八二年七月二日

附记：

前文所说的宋人笔记即《东坡志林》。在卷一“怀古”类里有一条“涂巷小儿听说三国语”。

“王彭尝云：‘涂巷中小儿薄劣，其家所厌苦，辄与钱，令聚坐听说古话。至说三国事，闻刘玄德败，颦蹙有出涕者；闻曹操败，即喜唱快。以是知君子小人之泽，百世不斩。’彭，恺之子，为武吏，颇知文章。余尝为作哀辞。字大年。”

从这条笔记中可以知道，在北宋，说三国故事的说书人即已普遍出现，曹操也已被涂成了大白脸了。“君子之泽”云云是王彭的话，苏东坡对此并未表示明确意见。但在东坡看来，这只是“说古话”艺人口中的评论，算不得正规的史论，则无疑。如要举一个较近的例，可以引一节明代的故事。

“前代时吴匏庵蓄铜雀砚，其友某公恶曹瞒，拔剑碎之。沈石田作《击砚图》以记其事。”（《汉上丛谈》）

这是明朝的故事，虽晚于北宋约四百年，也实在够古的了。社会上对曹操的看法一直没有多大改变。宋朝的小孩子讨厌曹操还不过指手画脚，到了明朝的读书人（也许还是一位大官），不但也持同样见解，还动不动拔出剑来实际解决，火气更大了。沈石田还绘了图来作纪念。《丛谈》的作者在记所见另一方铜雀瓦砚时转述了这个故事，然后写道："脱遇如某公者，斯砚即欲瓦全，不可得矣！"可见他对这种"正义行动"显然缺乏同情与敬意。

由此可见，长久以来多数人对曹操深恶痛绝，但也有持相反意见的人数也并不少。他们大抵同情或以另一种眼光看待这个历史人物，也就是说对此案的传统观点是持怀疑态度的。所以在为曹操翻案的问题上，要考证出谁是第一人，我看并没有什么意思。倒是应该注意是谁完整、深刻地提出了这个问题，并在社会上留下了大的影响。

一九八二年十月二十日重校记

战宛城

——人间说戏之八

《战宛城》是写曹操的有名的戏。它是确有史实根据的，事件发生在建安二年（197），曹操当时只有四十三岁，《三国志》“武帝纪”里有简略的记载。

> 张济自关中走南阳。济死，从子绣领其众。二年春正月，公（指曹操）到宛。张绣降，既而悔之，复反。公与战，军败，为流矢所中。长子昂、弟子安民遇害。

《通鉴》中就更有“操纳张济之妻，绣恨之”和有关收买胡车儿的纪事，看来戏的主要情节和人物都是实在的。对《战宛城》的评价很久以来就一直是毁誉参半的。它的主题到底是什么，好像也始终不曾搞清楚。

例如全剧开头的“马踏青苗，割发代首”一场，人们是一致称许的，不过有人称赞的是这一场里演员的演技、身段；有人则赞赏这一场表现了曹操的“纪律严明、严于律己”，是取得胜利的主要原因。立论就很不一样。

至于全剧的主题，评论也各不相同。有人说这写的是曹操被胜利冲昏了头脑，因骄傲而失败。看起来也有点像一份曹操兵败后做出的战役总结。剧作家接受了任务，按照总结创作了剧本，演给曹操的“一党”学习，使他们记住失败的教训。这是言之成理的，不过细想起来也还是有漏洞。古代还没有出现“三结合”的创作方法，不大可能产生这类主题鲜明的作品。果真如此，那曹操就还是一位有缺点的正面人物，为什么又把他丑化到这地步呢？多年以来我们在创作中习惯于赶任务，配合运动，要求在每个作品里都找出现实的教育意义来。积重难返，在分析古典作品时也往往照办不误。我想这就是一个好例。

那么，《战宛城》就没有主题了么？当然有。照我的简单推想，按照剧本的实际，参考大量“曹操戏”的创作倾向，这也依旧只能是一出批判曹操的戏。带头犯了自己下达的军令，马踏了青苗，却只割下一绺头发来代表头颅，这和专门买“试销品”者，交一点象征性的现金有什么两样呢？不过是欺骗。大军开进宛城，接受了张绣的投降，一转眼又把他的婶子抢了来，还逼着张绣叫自己为叔父，取得“合法地位”，这样的描写，不能说不是深刻的。杨小楼、余叔岩都演过张绣，有极好的创造，使观众历久不忘。我看这应该是主题所在。曹操扮演了一个骄横淫恶的军阀，大要霸权，终于吃了败仗，如此而已。如果说它有什么教育意义，恐怕也就在这里。

据《三国志》记载，曹操兵败以后，也对诸将做过一点总结与检讨："吾降张绣等，失不便取其质，以至于此。"他只怪自己没有及时命令张绣交出"人质"，算作失败的主因。这只能是一种假检讨，真正的要害，曹操肚皮里自然明白，不过他不肯说。

思春

——人间说戏之九

很久以来，许多人认为《战宛城》是一出坏戏，理由就是其中有张绣的寡婶《思春》一场。他们认为，社会主义的戏曲舞台上是不能容忍这样的表演的。如果不在舞台上，只是一个人在房间里，是不是允许呢？没有说。这并未干犯刑律，想来大概问题不大。

我多少想了一下。在我们的戏曲舞台上“思春”的不只是一个两个。《游园惊梦》里的大家闺秀杜丽娘在花园里、绣阁中做梦，《贵妃醉酒》里的贵妃娘娘杨玉环在御园里醉酒耍颠，小家碧玉孙玉姣在大街上“卖雄鸡”“拾玉镯”，红娘在普救寺的西厢之下，小尼姑在山上的禅堂里……她们都可以公然在舞台上“思春”，只有寡妇不行。这可是我们这个几千年文明古国的一种传统的规矩，连阿Q也懂得。

《战宛城》的《思春》一场，其实是很有特色的。这是一场哑剧，只有胡琴伴奏，全靠演员的神情、动作、身段，传达出一个年轻寡妇的内心活动，完全是一种意识流的表演方式，一空依傍，因此表演的要求也更高。这种表演是高度现实主义的，反映的是真实的客观存在。

过去舞台上演出的《战宛城》，确有一些庸俗、低劣的地方。譬如张绣闯帐时所见，楼前相遇时曹操的表演，包括《思春》一场的某些细节……理应加以删除或改变。不过推原祸始，一切都源于这个该死的“淫妇”，“引逗”了曹操这样的指控，却实在是冤枉的。她在楼头只不过唱了一句“见那人与先夫一样风光”，而曹操唱的则是“见美人不由我心神荡漾”，同时还做出了种种丑态。早在三十多年以前我就表示过自己对曹操的同情，觉得不该把他写得如此不堪。

照一些评论家的意见，砍掉“思春”，或干脆取消张绣寡婶这个人物，那就一点没有了问题。那么曹操就能得胜还朝了么，恐怕也未必。

在一片义正词严的责难声中，独不听见对《刺婶》一场有谁提出过异议。张绣代表了封建的“正义”，最后对万恶的“淫妇”执行了宣判、处决。曹操这时早已逃之夭夭，只丢下寡妇在地上婉转乞怜、“乌龙绕柱”，这时只听掌声雷动，人们在感官上感情上都得到了充分的满足。“恶有恶报”“万恶淫为首”，真是一点都不错。每次看到这里，我都不忍卒睹，事先退场了。我这里说的是四十年前的情形，不过等了四十年也没有听到有谁来抗议过，这倒是使我觉得颇为遗憾的。

打出手

——人间说戏之十

“打出手”是京戏武打中的一种形式。在战斗中间，双方手中的武器都出了手，但并不落地，而且可以打出种种花样来，通常是武旦必须具备的技巧。武生或武二花也有类似的表演方法，如《恶虎村》《拿高登》的大耍酒坛子，仙人担，也叫作“出手”。

在史无前例的十年中间，在林彪、江青一伙煽动之下，全国武斗之风大起，新闻报道中有时也称之为“大打出手”，那出典就在此。不过规模气魄可是大大不同了，给人民带来的灾难更是说不尽的。现在我们就正在清算这一伙的累累罪行。按照林彪的“理论概括”，那时就是“好人打坏人，坏人打好人……”，倒确是多少点出了那“混战”的特色。今天试一回想，人们到底是为了什么明确、高尚的目标那么起劲地混战不休呢？谁也说不清。可见林、江一伙挑动武斗，提倡“尚武精神”的结果，不但给全国人民生命、财产带来了不可想象的大破坏，同时也大大搅乱了人们的思想，思索起来，真是可恨、可恶透了！

“打出手”是前辈演员的可贵创造，是为刻画人物服务的一种艺术手段；但它带有很强的技术性，发展到后来又往往自成体系，渐趋定型。因而也就出现一种游离的状态，也就是为“打出手”而“打出手”，我想这是值得注意的。像京戏这样的古老剧种，遗产丰富，其中颇有一部分是属于“特技”范畴的。老观众津津乐道、念念不忘的往往也是这类奇妙的表演。我想这也不应一律看待，衡量的尺度也应该是看它对刻画人物作用的大小。据说谭鑫培还是余叔岩，在《打棍出箱》中表演精神失常的范仲禹，一跤跌在地上，脚上一只鞋子此时也飞到半空，掉下来时恰恰落在头上，被称为绝技。功力稍差的演员就只能接住那落下来的鞋子自己放在头上，差得远了。这种表演与人物的规定性结合得还是紧密的，比有些“打出手”表演还要来得紧密一些。我想，今天在抢救、继承珍贵的表演艺术遗产时，心里应该有数，不宜只记住许多特技而忽略了更重要的表演艺术的精粹。

京剧出国演出，多半获得极大的成功。外国观众雷鸣般的掌声，首先表现的是对中国人民的真挚友谊；其次是对新鲜奇妙的表演形式的赞叹，如“打出手”。但归根结底，打动了外国观众的心的，还不能不是写出了真正的人的命运与感情的艺术。这一点是不能不清醒地看到的。

什么地方在上演《白蛇传》时，因为演白蛇的演员不会“打出手”，于是改动了剧本，把“盗仙草”的任务委托给小青去完成了。我想这样的改动是不妥的。不会“打出手”，可以设法用另外的形式内容代替，这也就是创新。可以派代表去“打出手”，但《盗仙草》一折所体现的白蛇的真挚、炽热、百死不悔的爱情，难道也是可以由代表代办的么？

洁癖

——人间说戏之十一

苏州市京剧团演出的《李慧娘》得到了很大的成功。除了胡芝风同志精彩表演与创新的因素之外，我想那个善良、勇敢、无畏的女性复仇者的形象，也是博得观众喜爱与同情的重要原因。

中国人民是善良的，但往往被误认为软弱可欺。这是几千年来剥削阶级统治者屡犯而不能改的一个主要错误。贾似道的家姬只不过是说了一句“美哉少年”，表示了一点“随感”，就使老贼妒火中烧，一剑把李慧娘杀死了。不足，还要用死者的人头恐吓其他的奴隶。你看，贾似道就是这样一条红了眼睛的淫毒险狠的恶狼。人们理所当然地要把同情给予被侮辱与被损害者，即使她是一名女鬼也罢。

自《红梅记》《焚香记》产生之日起，几百年来，大家都没有提出过什么异议，一致批准或勉强容忍了这个主题。只是到了十多年前，江青和康生才出来戟指痛骂。难道他们真的是为了破除迷信么，恐怕没有谁肯相信这种鬼话。他们那些见不得阳光的鬼魅，自知干的坏事太多了，怕被害者起来和他们算账，因此不能不把一切复仇的形象，包括女鬼都扼死。这用意其实是很清楚的。

贾似道的劣迹多矣。但剧作家只选了这个细节来加以暴露抨击，至于他怎样在半闲堂中斗蟋蟀和其他罪恶勾当就大加省略。这也并非偶然，也不只是想在每个作品中都加一点“爱情”的“调味剂”。几千年封建社会的重要特征之一就是拿女人不当人，抓住了这个主题，许多东西就都能顺手牵出来了。我想这可能就是这类题材在旧戏中特别多，而许多剧种往往又都以“三小”（小生、小旦、小丑）为支柱的重要原因。反封建的斗争在这块场地上也实在进行得格外火炽。

不过同时应运而生的又有一种可敬的“洁癖”。和人民的意见相反，封建时代的道学家是不肯正眼看一下这类描写“下作”事物的戏文的。这意见到今天似乎也并未绝迹。某些评论者总是着重责怪作家不该写这种“下作”的事物，却不问作品是否批判了邪恶，伸张了正义。仿佛真的是在反对“饿死事小、失节事大”，依评论者的看法，被侮辱强奸的少女倒是不值得同情的了。同情了，就等于强调了贞操的神圣，发展下去可能就变为“初夜权”崇拜，那就不只是封建的东西，简直是奴隶社会的东西了。这样一来，在《红梅记》中该死的是不正经的李慧娘，贾似道反而无可非议。这样的意见难道是可以想象的么？而且是打着“反封建”的旗号说出来的。

这就提醒人们，反封建也有种种的。凡事不可偷懒，都得用心想一想。

《一捧雪》的启示

——人间说戏之十二

清初著名剧作家“苏门啸侣”李玉的《一捧雪》传奇，三百年来在舞台上一直演唱不衰，它由昆曲化为皮簧，就是有名的《审头刺汤》。这戏写的是明代数一数二的奸臣严嵩的儿子严世蕃的故事。李玉是一位敢于“干预生活”的剧作家，他的另一名作《清忠谱》也流传至今，就是京戏舞台上的《五人义》。可见，凡是敢于正视生活，反映生活，为人民说出了心里话的作品，都有强大的生命力，即使过去了若干年，“现代戏”已变为“古典戏”，也毫无影响。《一捧雪》是一只玉杯的名字，是无比的宝贝。严世蕃为了谋取这玉杯，把它的主人弄得家破人亡了。这样的故事在当时大概是哄传人口的，这才为作家选为创作的本事。同样的故事还有《清明上河图》和《金瓶梅》，也许两者之间还有着某种关系。可见这等事在当时绝非罕见，有一定的普遍性和代表性。

说到这里，是不能不联想到康生的。当然，康生的平生事业绝不仅限于巧取豪夺、劫掠文物这等“小事”与

“余事”。按照林彪的“大节、小节”论，这也许是微不足道的“小节”。康生是很有点风雅的，严嵩会作“青词”，康生也会填“散曲”。他还“研究”《西厢记》，写怪字，收古董，只古砚就有若干方。最近看到一幅出色的漫画——《康生左手》，画家就抓住了这一特征，进行了深刻的暴露和批判。

将康生和严世蕃加以对比，是会发现许多相似之处的。但也不能不承认，到底已经过去了几百年，无论在策略、手法上，严世蕃都已落伍、迟钝得多，充分暴露出“时代局限性”来了。

听说康生过去也是颇为“礼贤下士”，“深入群众”的。他常到一些老同志、老学者家里去访问，看他们收藏的古书、文物，谈艺论文，相得甚欢。就在这当中，暗暗记下了谁家有些什么好东西，怎么他倒有，我倒无？为此后采取“革命行动”安下了伏线。而严世蕃则只依靠内奸、狗腿子的密报，自己没有调查研究，布置也欠周密，“过府搜杯”时还得亲自出马，结果什么也不曾搜得，讨了一个大大的无趣。两相对照，不能不说严世蕃还是过于“笨拙”“忠厚”了。康生就不同，他先把对象关起，然后派出几部卡车，深夜破门而入，全部书物一股脑儿都装运了来，一本也不漏。哪里要费那许多手脚？其边式、利落，可真是好得远了。

即使有这些“小异”，重要的还是两者的“大同”。

严世蕃手下有一个汤裱褙汤老爷，这可是一位出色的典型，一位地道的“二丑”。没有了他也就没有了《一捧雪》这出戏。我看他其实是这戏的主角。康生手下有没有汤老爷呢？回答也是肯定的。没有了这一类“英雄”，那些精彩的戏文是唱不成的。这是《一捧雪》给我们的一个重要的启示。

审头

——人间说戏之十三

《一捧雪》也依旧写的是正直与邪恶的斗争，也以奸邪的覆灭为结束——大团圆。戏中出现的正反面人物也好像都是习见的角色，但它有一种可贵的特色，有别于传统的“大团圆”。它摆脱了由清官主宰一切的老格局，而是由受害者手刃仇人结束的。这是一出复仇的戏。

以正面的清官出现的陆炳（历史上的陆炳也并非怎样的好人）是无力左右斗争的胜负的。在严府的威势和汤勤的胁迫下，这位“清官”起不了怎样的作用，他不像包拯，不能那样放手地审理冤狱。这是符合历史斗争的实际的。观众是从受害者而非“清官”的胜利中得到了满足，这是《一捧雪》在同类题材的戏曲中获得更高成就的理由，这是现实主义的胜利。

因戚继光的出场，使剧本有可能从一般的情节戏上升为带有一定政治集团斗争色彩的作品。这样一来它就跳出了因掠夺一件古玩而引起诬陷迫害的基本情节，而烘托出封建统治阶级内部也必然存在的对立面。这也应该算是一种特色。

《一捧雪》是有缺陷的。它写了一个替主人受刑的“义仆”的形象，满腔热情地歌颂了封建道德，但这掩盖不了它因塑造出汤勤这个二丑所取得的成功。

汤老爷奉了严府之命，前来会审人头。即使明朝最高的特务机关头子（锦衣卫正堂）也无可如何，只能处处让他三分。汤老爷出卖了恩主，觊觎着主人的小妾，人头的真假，也即恩主能否逃身远祸，一切全在他的手心里。这一切陆炳都是清楚的。作者使陆炳追问汤勤何以得知他的旧主人头颅的特征，使这位老爷在大庭广众间终于不得不说出了自己的身世。

“当初小官不得意的时节，在钱塘卖字画为生，莫大老爷出门拜客而归，路过我那画棚，他见我那字是真草隶篆，画是水墨丹青，他乃读书之人，有怜才之意，故而将我收留……一路之上，同宿旅店，同盆净脸，同架穿衣，同桌用饭……”最后还将他荐与严府。所以才一切窥察得仔细。他虽不得不承认主人“待小官恩重如山”，但这一切都抵不过向上爬和谋占小妾的贪欲，一旦主人被他出卖，犯了事，“罪犯皇家，自作自受”，汤老爷就依然是一副“一贯正确”的面孔，身子一摇、干干净净了。只几笔，就写出了一个活生生的两面派，我们实在不能不佩服作者的本领。

汤老爷为了单独“背审雪艳”，支开在场的两名严府校尉，竟忍痛赏了他们一锭银子。校尉们的回答则是：“汤老爷的银子，我们不敢要！”后来他们又背后议论，一旦将这咬定人头是假的混账东西拿到，“也不打他，也不骂他，将他浑身衣服剥将下来，吊在柳树梢上，刮东风往西摆，刮西风往东摆，摆来摆去，摆死这个混账东西”。

这就是几百年前人们对“风派”的理想的处理办法，是连严府的校尉也没有异议的。

《挂帅》

——人间说戏之十四

在梅兰芳逝世二十周年的纪念演出中看过一场《挂帅》，颇引起了一些感想。《挂帅》是梅兰芳生前创造的最后一个戏，也算是一出“新编历史剧”吧，当然想在历史上找出确凿的根据来是不可能的。他为什么要选取这样一个题材，他又是怎样表现这个题材的，似乎都值得认真地想一想。

梅很喜欢穆桂英这个人物，《穆柯寨》和《枪挑穆天王》都是他喜欢演出的节目。在如此丰富的戏剧人物画廊中，一个演员的选择是值得注意的。只有当他爱上了某个人物的性格、气质……之后才会着意地描摹、刻画、塑造，数十年如一日，终于成为自己的保留节目。穆桂英是可爱的，她似乎是个完全逸出了“帝王将相、才子佳人”的樊笼，不知道从哪个山沟里钻出来的充满野气的年轻的女孩子，又是一员非常能干的女将。在她的银枪下，什么封建礼教、朝廷军法……一股脑儿都摧枯拉朽地垮掉了。她爱恋爱就恋爱，想结婚就结婚，如入无人之境，看了真使人神往。但她还有重要的一条——爱国。她大破天门阵，击退了敌人，保卫了疆土，当然也保卫了宋王爷和她的公公——元帅的体面。

演员爱上了这样一个人物，观众不但理解，而且无条件地支持、赞成。

穆桂英后来怎样了呢？当她建立了赫赫的功勋之后，同时也成了杨家的媳妇，一头钻进了天波杨府和宋朝统治阶级的上层。她的“野气”怎样了呢？她历经了忧患、战争（真刀真枪与“和平”方式的），应该说，二十年之后，她身上已经不再有多少留存的“野气”，是一位典型的贤妻良母了。不过有一点没有变，即她的爱国激情。

《挂帅》戏就是写在国家迫切需要她再度披挂上阵，保家卫国时，她怎样克服了主客观重重障碍，终于勇敢地站出来，站在第一线上的思想斗争过程。在梅兰芳，就是要把二十年来深深陷于封建王朝为她带来的精神创伤的深潭中拉出来，重新煽起她深藏内心的火种——爱国的激情。观众看到，梅兰芳完美地、出色地完成了这个任务。

梅为什么要在他的晚年花很大的力气创造这样一个戏？无论在精神或体力上都是艰巨的创造。当时，他已经不再需要多余的声望与物质享受，他完全可以安坐在既得的好位置上度过晚年，可是他“不甘寂寞”，他到底想借此得到些什么呢？

梅兰芳是一位伟大的表演艺术大师。他到临终也不曾有过放弃自己的艺术活动的念头，他是在自己的岗位上战斗到死的。他用最后的冲刺再一次重复了爱国主义的主题，这其实正是他毕生工作的基调。他的精神境界是非常高的，高于许多形形色色的大小人物。

因此，今天人民依旧记得他，怀念他，并和他一起勇敢地走向前方。

一九八一年八月廿九日

《得意缘》

《得意缘》是传统京剧名作，在艺术上有很高的成就。一个青年书生，在一个偶然的机会里在一座山上人家里入赘。在美好的新婚生活中发现这个家庭原来是个“强盗窝”，小夫妻决定“逃出虎口”，运用了种种亲族感情的关系与手段，最后终于达到了目的。整个戏运用的是喜剧的手法，但实质上则是一出大悲剧。新结婚的女儿在家族与丈夫之间痛苦选择的结果，最后是选取了一条“背叛”的道路。

如果她背叛的是非正义的、邪恶的对象，那么她的行为就是勇敢的，值得同情的。可惜所谓“强盗窝”到底属于怎样一种性质，演员和观众一直都没有一个清晰的概念。

《得意缘》的写作经验是值得研究的。先是用饱满的笔墨尽力渲染了新婚的欢快，从“说破”开始急转直下，出现了一连串险恶的情节，不过用以解决矛盾的方法还是喜剧的。作者尽量运用了亲族之间情感的联系，层次分明地写出了人物之间的关系。两种对立的立场、思想的交锋，也全是通过人情表现出来的。

这是手段，是无可厚非的，也许还是唯一有效的手段，决定事物本质的要看作者使用这手段维护什么，反对什么。在过去的两年里曾经涌现了大量优秀的作品，反映十年动乱的，反映当前现实的，歌颂新人新事的，反对消极事物的，都不能离开对纷纭复杂的社会关系的研究、梳理、提炼与再现。这中间当然存在大量的也许还是主要的亲族关系。“大义灭亲”之类的情节是曾经反复出现的，似乎也都具有较强的震撼读者感情的力量。在建设社会主义的精神文明，反对种种不正之风的时候，情形也并不两样。在艺术家手下，“人情味”是一把锋利的武器。不应该责怪武器，应该要求的是艺术家如何正确熟练地运用它。

听说最近有的剧团在重新排演《得意缘》，也记起了自己很久以前曾经称赞过这出戏，但只看到了它在艺术上的成就，也就是只看到了武器的锋利，却没有多想武器的使用。

旧体《得意缘》应该怎样修改的问题是很复杂的，只将“强盗窝”正名为为害民众的不逞之徒，使之与“农民起义”划清界限，使小夫妻的背离具有“正义性”的方法可能比较简单了些。这方法在对待“八大拿”一类戏时，也有人主张采用过，似乎还不是最理想的方案。

瞻望新歌剧

解放之初，北京人民艺术剧院请来了一些北方昆曲的工作者。这些人真是劫后余生，十几年前我在天津看见他们在劝业场的游艺场里演出，那种凄惨的情况，已经给人一种朝不保夕之感；后来有些演员因为环境的压迫，不能不改唱京戏；后来又听说那些老伶工侯益隆、郝振基、陶显庭……在天津大水以后，因为饮水中毒，在极凄凉的情境下，先瞎了眼睛然后都死去了。这回到北京，还希望见见荀慧生、尚小云，可实在没敢有想要看到这些剩下来的昆曲演员。可是，真是奇迹，真使人感动，在人民艺术剧院里又看见了韩世昌、白云生、侯永奎、侯玉山他们。他们都穿了棉制服，练功的练功，排戏的排戏，讨论的讨论；他们的精神是那么愉快，工作情绪那么高，他们是来从事给中国旧歌剧留下一份记录、给新歌剧摸索出一条道路的工作的。

此外，他们还有一个很完整的乐队，里面有最好的笛子和琵琶的演奏者。我看过一次他们的演出，赵金蓉和李凤云的《游园》、侯永奎的《夜奔》、侯玉山的《嫁妹》。工人观众的反应好极了。这些戏，是经常为北京各机关、各工厂、各学校邀请演出的。当《蜈蚣岭》和《嫁妹》在怀仁堂献演的时候，周恩来总理曾经说过："昆曲是人民的舞蹈。"彭真同志说过："中国旧剧中间，没有比昆曲的舞蹈再可贵的了。"这样，就建立了他们的这一工作的信心。

韩世昌今年五十二，白云生今年也四十八岁了。这两位老搭档在舞台上成了一对老情人，观众似乎也不愿意再看他们在那儿拼命做戏，像《跪池》里面的那种情形。而且在某一意义上说来，提倡男扮男女扮女也是很自然的趋向，所以在这里，韩白的主要任务是替后辈说戏，像赵金蓉、田菊林都是在过去舞台上有过相当成就的女演员，《闹学》《游园》……就都由她们来演出了。

这一批旧艺人，从旧的圈子里面跳出，来到这个新环境里，他们改得多，改得不容易。

他们扔掉了主角观念。他们经常在演出里面配龙套，韩白在《出塞》中都扮宫女，在《嫁妹》中间，白配那位姓杜的新官人。这样的角色，在从前，他们是绝对不肯演的。

剧团初成立，经费不够，没有钱去买行头。团员们的待遇还没有订定。可是她们全肯把过去自己私房行头拿出来用，还肯借给别的演员们用。在过去，一件出色的女衣、外氅，都是好不容易置来的，要用这个出奇制胜，炫耀侪辈，怎么能考虑得到出借。

她们初来时，少出门，把时间都留在学习上。头两天因为灶没有修好，吃过两天窝窝头，消息马上就传到外面去了，说她们是如何地受苦，行动不得自由。后来她们自己回了家，才解释清楚了这些谣言。在谈话中间，田菊林就找剪子剪开了一张张的白报纸，订成了一个个的小本子，记笔记用的。赵金蓉在仔仔细细地排《闹学》的身段，听前辈们改正她的一举一动，非常用心。想一想，她们过去都是在旧社会打过滚来的，都是大红过的坤角。现在的这种生活态度，可真不是偶然的。

跟白云生先生谈了两个多钟头。

他在昆曲班子里混了快三十年。诚心喜爱这种戏剧，也曾经红过，还挂过头牌。可是后来不行了，环境越来越惨，弄到生活都要发生问题了。现在，他看到国家来注意这种戏剧了，他激动得说话都有些颤抖。他历述过去的艰难困苦，他们的班子在都市里立不了足，到乡下去做巡回演出，物质条件是苦极了，可是农民到底还接受而且欢迎了他们的“舞剧”。这是说那些载歌载舞、文绉绉的词句不多，而主要的是看舞蹈表演的戏。（他们在乡下演戏，都有过二十多年的历史，如果农民不接受，这种流动性的剧团是不可能生存下去的）

他说过去演戏，无论在什么时候，总没有过合理的伴奏（最多三四个人），可是现在的乐队如笙、笛、大唢呐、海笛、管子、琵琶、南胡、月琴等，演奏者多到十几位。这个中乐队，将来发展的目标是二百人。

他提到从前老师教徒弟，兴的是“掏半包”制，那就是说总得留一两手好的。“都教好了他可就没有我了！”现在可就没有了这种思想，只要是知道的，不管大小，总得给人家指出来。提到弋阳腔，最后的一个科班，还是光绪十几年成立的。现在的学生，恐怕也都八十几岁了。他提起好几种舞技，在现在的演员中间都已经失传了。他们自己也都动不来，不过他们是预备训练一批年轻的团员，让他们有这样的纯熟的技巧。他随便举了几个例，在乡下演戏的时候，有一个武丑演员可以走矮步跟在大车后面，连跑四十里。武丑还可以在台上表演“粘糖人”，那就是说，利用背脊上的力量，使全身“粘”在柱子上，经过几分钟的时间；翻跟斗，讲究在空中有一个短短刹那的停留；打旋子，要抬着头打，看起来就像在水面上飘飞着的燕子……

这些在现在听来都像奇迹，可是在前五年前十年，就不算一回事，是武行的基本条件。

“火彩”，在京戏里也经常使用的。只凭一卷草纸、一把硫磺，能在舞台上挥洒出多少种花样。现在在乡下，还有两位老人，使用这种技术最为纯熟。这要讲究把纸放在袖口里，不用吹嘘，随时可以洒出去，要多大的火花就有多大。同时一条火龙，在弧线的某几点要爆发出来都可以随了心意支配。他们要写信去约一位到团里来。

一九五〇年

《渔夫恨》及其他

到清华园去看张奚若先生。这是一位健谈的老人，听他的亦庄亦谐的谈话真是一种乐趣。后来我们谈到了京戏，张先生说京戏发展到清末民初这一个阶段，可以说是达到了巅峰状态。从各方面看，这都已经是一个最高潮，到了现在，恐怕是难以为继的了。说到梅兰芳先生，张先生说那真是一种奇异的出现，不可能再有的了。谈到武生，杨小楼死后，他说："真不必再看什么武戏，看上去全是毛病，使人难过，杨也是前无古人后无来者的了。"

我是同意这个看法的，可以在这里替张先生的漫谈加一点申述。京戏的这一发展的高潮，的确是难以为继的，这也就是说，京戏得变了。历史上不少这样的例子，作为一种宫廷的、贵族的艺术来看，在今日，京戏已经失去了它的凭依。人民所要求于戏剧的，已经不再是那一套，无论怎样缅怀往昔，想墨守成规，总抓不回过去了的声华。只有走一条新的创造的道路，才能恢复它的生命，使它仍旧成为人民的瑰宝的吧。

不过在现阶段，还必须做一种总结的工作。不管这是封建的、贵族的，作为中国人民的宝贵的遗产来说，是非批判地加以接受不可的。要批判总得有资料，不是能漫谈了之的。

那天在张先生座上，还看见邓叔存（以蛰）先生。邓先生是筱翠花的艺术的爱好者，曾经替筱翠花的无戏可演而担过忧，不过这现在也已经不再成为问题了。彭真书记在《人民文学》第四期的那篇城市文艺工作的报告中已经澄清了这一问题。这更是一个很好的特例，筱翠花是花旦，花旦的戏总难免涉及私情，不过这难道都是不健康的吗？似乎也还值得推敲一下。

又在老舍先生那里听见了一个好消息。有七位老伶工：尚和玉、萧长华、王瑶卿、王凤卿、马德成、谭小培、金仲仁都已经受聘为名誉教授，每月每人致送一千斤小米。这些老伶工不必到院授课，只是在必要时向他们咨询。老舍先生说那一天吃饭的时候，七十八岁的尚老先生感动得哭了，他说："我哪是愿意唱戏，不唱就得挨饿呀！"（按尚和玉最近尚在北京演唱《水泊梁山》的栾廷玉）老舍先生说："这真应该！这些老伶工，在舞台上挣扎了几十年，到老还落得挨饿受冻，而且他们的戏又都唱得那么好！"

正如王朝闻先生所说："这些老人是中国古典艺术的仓库，他们具备着现实主义艺术的各种丰富的营养，对于我们中国，这样的'仓库'，应该重视。"（《人民日报》二月廿六日《人民文艺副刊》）

这样，似乎京剧的问题已经很为明显。就是：（一）怎样接受旧的？（二）怎样创作新的？（三）在过渡时期中，为了供应市场的需要，怎样修改一些旧戏在目前上演？

关于第二、三两点，在北京正好赶上听了两出戏，一出是尚小云的《墨黛》，还有就是谭富英的《渔夫恨》（即《打渔杀家》）。

《墨黛》是新编的一出戏，演一段元代的历史故事。是述说被奸臣所害的一个大臣的女儿，怎样经过无尽的艰险，终于投奔到人民的义师里，因而得到了活路，更由于人民的力量，杀除了贪污不法的官吏，打倒了反动的政权，复了仇。

这戏在卖座上很成功，可以看得出观众是喜欢新戏，而且也乐于接受新戏的。观众的尺度放得很宽，给了创作者以很大的勇气，这是很好的现象。这前面的路是够宽阔的，也够艰难的，可是观众肯跟了走，即使路上有崎岖、有荆棘，还是加以原谅的。

这样的戏在北京能得到相当的成功值得注意的，因为这是一个最守绳墨、旧的印象最深的观众最多的城市。

《墨黛》中间，有逼真的布景与灯光，女主角在大雪之夜在山谷中奔逃，很利用了些新的灯光布景；还有一场田家生活的描写，在一间草房里，有真的织布机，还有几只鸡在台上走来走去。而且在两幕之间、剧情变换的时候，还有人在扩音机里报告剧情的发展。

《渔夫恨》是《打渔杀家》的新名。我觉得这出戏在京戏里不愧为经典著作，而且说起意识来，也可以说是最正确的一出了吧？这里的修改，只是添上了头尾，中间的一段还是照旧。

谭富英的《渔夫恨》，其实跟老路相差得并不远，在旧本开始之前，加上了倪荣坐寨，“心中恼恨张叔夜”，他是在梁山与官军交战，跟大哥失散，才占山为王的。他上山寻找李俊，一起闲游，偶遇萧恩，就接入了原本正文。

至于结尾，是萧恩杀家后被擒入狱，在上法场时被花荣和李俊、倪荣劫救而出了。

中间的修改，是萧恩到公堂一场改为明场，“让我问他几句!”挨了四十大板，也如实地描写出来。不过不知如何，我第二次听《渔夫恨》，这一场就还是老路的暗场。

关于修改的问题，这里不预备多谈。不过像“谭派正宗”的谭富英，改了他祖父传下来的“秘本”，而且也报名参加了学习，却是值得称赞的。他还不够炉火纯青，不过他还年轻，是正统派而有改造的心，如果加以适当的帮助，我想是不难有所成就的吧！

一九五〇年

谈戏

谈戏

到北京后，碰见朋友，十个倒有九个和我谈京戏，这是因为过去我曾经胡乱写过一些谈戏的文章，几乎弄得成了“准剧评人”了的原故。朋友中间有内行，有外行，有欣赏旧戏的人，有厌恶旧戏的人，谈来都各有道理。不过使我最感到惶恐的是被内行的朋友引为同调，因为自己实在是外行。可是听了外行的谈论倒还有趣，同时也是颇有好处的。

我不能忘记的是一位朋友对我的责备，他说，你写的那些谈戏的文章，简直把旧戏说成了百无是处的东西。目前就有一些剧评家拿起随便哪一出戏来都痛骂一通，鸡蛋内挑骨头，认为都是要不得的。其实，京戏原来是产生在旧社会中间的，哪里去找十全十美的剧本呢?

他对我的检讨实在使我惊醒不少。

他说：“这也成了八股了。这实在用不着剧评家，就是我也能说得头头是道的!”

他就举了几个例子，说来果然大有道理，妙的是滑稽非常，听得连我也不禁笑起来。他以为现在谈京戏，总是每出必坏，可是他也能说成每出必好。举了很多例子，其中之一就是《甘露寺》，可巧今天正看了《甘露寺》，就又记起了那“妙论”，因介绍如下：

> 在美人计骗刘备过江以后，甘露寺吴国太相亲，这一场中有一位武丑扮演的大将军贾化，这位大将军身上带着不少武器，刀、剑、锤、矛……一直要杀刘备，不料未能杀成，反而给国太叫进殿去，要推出斩了！幸亏刘皇叔说情，免于一死，贾化出殿时向台下说道：“今日也要杀刘备，明日也要杀刘备，不是刘备，我的吃饭的家伙就保不住了！”

这就是编剧者对弄火的帝国主义的战争贩子的大讽刺，挑动战争的结果是自己也难免一死！后来他终于悔悟了！

还有刘备招亲以后，日在深宫，沉湎酒色，简直忘却了荆州。幸亏赵云看了诸葛孔明的锦囊妙计，假报荆州危急，这才唤醒了刘备的迷梦。

这一段，啊，可真有不少教育意义。这是在警告我们走进城市里的干部同志们，不可给胜利冲昏了头恼，不可堕落，不可忘记了当前的任务。所谓“锦囊妙计”，其实就无异于一种紧急的号召云。

至于刘备和孙夫人赵云逃到江边，刘备要抢先上船，被孙夫人袖子一甩就马上退后，让她先上去，是说明“太太第一”的礼貌，那还是次要的。

这真是滑稽，而且荒谬，是出色的笑话，我当时也大笑一场。可是后来仔细一想，笑话中也未始没有一点点真理。可不是现在有的人太神经过敏了么？可不是有很多论法太悬空了么？可不是已经成了“八股”了么？

谭富英与裘盛戎

也还是和朋友谈戏时所得到的材料。

张奚若先生有一次谈起听戏，他说很久不进城听戏了。不过有一次他到怀仁堂去参加晚会，听了谭富英，他说：“不能不替演员们说一句公平话，谭富英那天可相当卖力！”

这话在常听戏的人听来，才能知其妙处。谭富英一向是懒极了的，在台上那种马马虎虎不认真，是所有的观众都熟知的。平常他唱一出戏，只卖一个腔，要个满堂彩，就算交代完毕了。张先生说笑话，怀仁堂晚会也许可以说是“供奉戏”的罢，所以他才这么卖力！

这就让我想起最近在第一期《人民戏曲》中看到的阿甲先生的《没落时期的京戏的美学观》的文章里说的很多话。他极力反对“派路”，认为这是“不可解脱的包袱”！这实在是对极了的。

谭富英就靠着“谭派”，北京就有那么许多“闭着眼睛”拍板听腔的观众，谭鑫培死了多少年，可是在他的孙子身上，还多少可以捉摸到一点点旧味儿，就可以满足了。

取法乎上，仅得其中，一次跟白云生聊天，他说过：“过去教徒弟，总得留一手，不然，他红了还有你的饭吃！”你想，你留一手，我留一手，留来留去，末了还能剩下多少？

有盛名的老伶工，从他的师父那儿传来的货色，本来就不够装满一货架，如果不是自己创造，开得起什么大店来呢？

这道理很明白，非创造新的不可！

张奚若先生叹息他再也不要听现在的戏，那太贫乏了。我的理解，这并不是说现在的角儿，都不能遵古法，守旧型，而是说这十几年来，梨园中的人才太不行了，没有一个能发扬光人创立新型的，于是就再也无可观览……

回到谭富英身上，这人其实是一个平凡的艺人。靠了他有一条好嗓子，又受过相当完整的训练，有家传，说句公平话，他是够水准的演员，旧的东西他可以“点到”，处处具体而微，要看极盛时的京戏，在他身上是可以看出一点点朦胧的影子来的。可是就为了受了“谭派”的害，他也许是无能力，也许不愿意再创新、再精进，甚至懒到了极点，这就使阿甲先生有了这样的牢骚。

北京有些老观众，是这种倾向的助长者，他们以为这样才够“味儿”，才有书卷气，才没有烟火气。

因而，演员对风格的要求是：只讲究“婉转缠绵，不讲究激昂慷慨；只讲究炉火纯青，不讲究生动活泼；只讲究点到为止，不讲究淋漓尽致；只讲究俏皮、轻松、潇洒、超脱，不讲究紧张、火炽、雄健、朴实……”

这段话，在我看来，却不免失于皮毛，太形式了。只看到了谭富英流辈的演员，没有看见过去更多的好演员，我希望还能够替阿甲先生补充一下。

谭富英是不能代表旧的京戏里的须生的典型的，阿甲先生所指摘：“一出场眼睛乱转，无的放矢；对话对唱时，没有联系，情调含糊；独白独唱时，神情涣散，气氛沉闷……”这一些可以说是谭富英都具有的缺点，然而京戏的写实主义的传统，可并非如此。我们只能说富英不肖，不能接受祖父的好传统。

“炉火纯青”和“生动活泼”，在我看是并不能对立的。真炉火纯青了，像杨小楼，照我的印象，如《艳阳楼》的荡马，《拜山》的做表，实在是再“生动活泼”没有的了。

还有，阿甲先生把裘盛戎也列为自成一派，我觉得是看了他的广告的结果，裘盛戎在广告上说“裘门本派”，那是指他的父亲裘桂仙而言，可是这可大大地错误了。裘桂仙在哪一点上像现在的裘盛戎呢？我在北京也听了一次荀慧生的《花田错》，是裘盛戎的花和尚，那印象坏极了。嗓子不够，也要耍他的“本派”的花腔，使听众为之担心，怕断了气……他又和荀慧生合作《战宛城》，曹操的那引子，念得使人欲睡，而调情一场却又色情不堪，没有一点点健康美，只剩下了一派下流，就和马路上的油滑少年相去不远，这样的“派路”，我附议阿甲先生的提议，是该反对的。

要说京戏里没有火炽、雄健……我提议把息影家居的郝寿臣先生请出来谈谈，他的“李七长亭”，他的“桃花村”，那可不是“乱蹦乱跳，吹胡子瞪眼”，那李七，才真是一个为封建势力压迫着的充满了反抗力的壮汉、“强盗”。就近取譬，侯玉山的《嫁妹》，就火炽而兼雄浑，而并无洒狗血。

至于风格的独立问题，说来也话长，如果艺术要提高而升华，每一个人是必须有独立的风格的，刘鸿声唱过《洪羊洞》，据闻谭鑫培曾讥笑过，说："看他这个六郎怎样死法？"这才是现实主义的看法。杨六郎患病垂危，如果还"黄钟大吕"，实在难以断气，除非打一针麻醉剂，否则是没有办法的。

男扮女

北京最热闹的一条街，从东安市场出来，向东单走去，这就是王府井大街。在这最热闹的街上的最大的一家照相馆——同生的窗口，有一张放大的照片，是四大名旦梅尚程荀的合影。梅兰芳先生站在后排正中，尚荀二位侧立，程砚秋先生则坐在前面，伸拳卷袖，大有教师爷之风。我走过了好几次，总不能不停下来看一下，觉得非常有趣。

张奚若先生谈起，程砚秋近来发胖得可怕了。他老先生那么一形容，简直就形容得不能想象了。后来又谈到男扮女的问题，觉得真怪，到现在"四大名旦""四小名旦"地说了半天，结果这中间全是男的，没有一个女演员。这的确值得研究。

据我粗略地想了想，大概可以有这么几种原因：

第一，可以说是传统的吧，过去的戏班子，除了"家伎"以外，全是男班。这风气可以一直推到明朝末年，那时候"男色"之风特盛，一直到现在还有一大批这样的小说流传下来。甚至于在北京，有一条规矩，京官是不可以到妓院里去的，御史要查夜，但叫相公则无所谓。所以《越缦堂日记》里李慈铭记来记去都是一些男伶。这是历史的根源，是封建制度下的最恶劣的一套把戏，现在当然已经完全打倒了。

第二，可以说是社会问题吧，还是封建制度下面的遗毒。清末民初这一个阶段，女人演旦角的不是没有，而且也不是没有成功的。不过，她们演戏并不是为的艺术，只不过是一种在社会上现身的方法。而且社会上的坏人也真多，军阀、贪官、商人……都在那里虎视眈眈的，一出了名甚至还没有成熟的技术成就，就给他们“量珠聘去”了。这也是一个大原因，现在也已经解决，不成问题了。

第三，可以说是教育上的问题。训练一个艺人，也不是一件简单的事，得从小坐科，苦学若干年。而过去的科班，那种生活，那种教育方式，都不是一个小女孩子吃得消的，后来虽然有了戏曲学校，可是教法到底和以前大不同了。还有，我就听一位老观众说过，余叔岩替孟小冬说戏，因为是女弟子，所以有很多身段就无法替她排，就是说，无法替她拉拉端正，只好点到而已。这样，孟小冬的身段是并不好的。还有先生替学生说一些风情戏的时候，告诉怎样表演内心心理的时候，对女弟子也是无法仔细说的。说起来，也还是封建思想封建制度的影响，现在也可以不成问题了。

最后，是嗓音问题。像程砚秋先生的那种婉转的调子，大概是可以给中国旧戏中的“女音”作代表的了，和“洋嗓子”相对，这可以称之为“国粹嗓子”，其同样不是天生本嗓则一。这一点我是外行，据说女人的嗓音，好像就不大可能成为这样的。详情说不清楚，不过这也总是“男扮女”问题中的一个附带的问题。

这样一分析，这里的种种问题就都不存在了，希望将来的名演员，旦角以后是女同志出场，不必像程先生的感慨，偌大年纪，还要做女儿态。我在北京就听到过尚小云和荀慧生两位。尚小云先生的演技，实在是细腻极了，不过给我的印象是颇有不能安坐之感。荀慧生先生较好，可是那嗓音是不行了，简直使人听了气闷，有一位观众就说“这是低音大合唱”。

我们真期待新中国的新的女演员们出现，使我们不必再发生这样的感慨。“男扮女”终究会成为一个历史性的问题和事实！

一九五〇年

周信芳先生的艺术成就

这个题目太大了，而且要写得好，也不是我的能力所能做到的。我看过周先生的戏不多，而且也没有机会看到他盛年的表演。所见仅为他五十岁以后所演出的几出成名之作，是谈不到对他的艺术有怎样深刻的了解的。

然而我自然也可以写出作为一个观众对他的舞台表演的印象，这印象却是相当深刻的。比起京剧老生行中的所有的有名的派别来，“麒派”是有特殊的成就的一派。照我的粗浅的理解，这分野之处即是在表演成分的加工上。

过去有人将京戏的演出方法给分成了京海两派，称之为京朝派与海派。其实这是非常没有理由的事。京戏的来源是相同的，它的发展也是有明显的系统的。无论是在上海以至江南、东南、西南一带演出的演员，他们的师承，与在北京与北方诸省演出的演员们是并无不同的。自然，作风多少有些差异，然而这却是一个演员对他的技术的理解与实践的不同表现，不能指定哪一路是正宗，而其余的就是“外江派”。还有一种理解，是说京朝派的演员是都能确守绳墨规规矩矩，而海派则不免过火点了。这也是非常笼统的不负责任的看法。

其实对于艺术的衡量，是只有一种尺度的，这尺度即是新现实主义的表演方法。一个好的演员，他一定都能在这个标准下面做最好的发挥。超出了这个标准的，即是过火而洒狗血；不及这个标准的就是瘟。

周信芳先生的艺术成就，照我看来，就是能够在“新现实主义”的标准下面，在表演方面达到了很高的成就。

他打破了一个有着严重的偏差的传统，那就是被称为“正宗”的闭起眼睛死唱的传统。北方人称看戏为听戏，他们以为只要闭起眼睛来，拍着板，听腔就可以满足了。其实这是一种严重的不健康的发展所产生的偏差，是一种畸形的发展的结果；正如一个人身体上某一部发展得特别大，同样的是一种病态。

其实，在同光之际，甚或再前一些，老艺人们并不是如此的。从梅兰芳先生的《舞台生活四十年》的回忆里，我们经常地可以看到关于一些老艺人的“绝艺”的记载。而这些“绝艺”，正是他们在舞台上造型的伟大成就，他们原来并没有专门注意了唱而忽略了别的。

这种只重唱工而不顾表演的风气的造成，正是清末以至民初戏曲的发展已经操纵在一批贵族与士大夫阶级的手里的结果，这和唐诗末流成为西昆体，宋词演变成为南宋的“歌曲”（如姜尧章所制曲）是一样的，讲格律讲声调，结果却将活生生的艺术弄成僵尸了。

周信芳先生的成就，就正在这里。他挽回了京戏发展中间的这个危险的浪潮，他又引导了一批年轻的演员把演技这一科目做重新的估价与重视。这个影响是非常重要的。

同时我们还应该指出，周先生在表演上的成就，是他自己创造的结果，是吸取众长而重新融化以后所造成的。因此，他的成就就更为可珍了。

我不能忘记他的《四进士》中的宋士杰，这是一个饱经世故然而内心良善的老人。他的职业是讼师，可是他却有他的正义感。他倔强，他不向贪官污吏低头，可是他却向人情低头。他要帮助他的义女解决一桩冤狱。他明知这冤狱平反的代价是什么，可是他不惜牺牲；牺牲以后，他却又有些徘徊瞻顾，正因为他不可能像一个革命者的那样视死如归。

周先生演宋士杰，那真是演活了。正因为他能抓住这个人物的灵魂，造成了为观众所热爱的形象。

宋士杰的向贪官污吏斗争，是怎样逼出来的呢？那情感的培养是一点都不离开现实的，绝不是路见不平拔刀相助的那一类。因为宋士杰是个讼棍，看惯了天下的不平事，几乎已视为当然了。他不会无缘无故帮助一个女人的。然而他好面子，有基本上的正义感，他终于来管了。他又倔强，一管就要管到底，可是最后赢了官司，却一定要发配的时候，他的情感脆弱起来了，他唱出了“含悲忍泪出辕门……”那一段唱词。他后悔了，他不完全是一个英雄。然而他倔强，他不能明白地说出后悔，他说：“谁是那披麻戴孝人!”孤独、苍凉、寂寞、悲哀。他怨自己，没有怨别人。他到底还是一个伟大的“光棍”。

一般欣赏“麒派”的歌声，都喜欢追韩信或是什么。然而我却最偏爱这出辕门的一段，那的确是已经创造出了一种苍老、凄凉最高超的境界。这一段唱词，用汪派、孙派、谭派、余派……随便哪一派都办不到的，这就是周先生在京戏上独有的创造。

他演宋十回，也绝了。

像坐楼杀媳那样的戏，是通大路的。每一个老生都会演，但也只有在这中间才可以看出彼此的分量来。

周先生演宋江，那就是一个活生生的刀笔吏，而且刀笔吏也有他的人情的。对付一个在他认为是淫妇，不值得重视、不必用情的女人时，他还是未能即便舍去。真是写出了“嫖客”的心灵。

他认为这女人不过是玩物，好就好，不好就算了，犯不上和她谈恋爱。可是转念一想，花了钱，要是真能买下这女人的心，却更是“风雅”的“韵事”。就在这种徘徊胆顾之下，这样一个浸透了世故人情的汉子，也变得异常“幼稚”，甚至“愚蠢”了。

有一次我看周先生的《乌龙院》，那一场被阎婆媳赶出门去的表演，给我留下了最深刻的印象。他一下说“再也不来了”，一下又说非回去不可，来来去去，好像有若干次的思想斗争，最后才一跺脚走掉了的。后来我看脚本，发现这里只不过是寥寥数语，怎样也想象不出怎么会有那么许多往复徘徊。一天，我就当面问起周先生。他抬起头来想了想，背出了台词，也仅只是那寥寥数语。后来他才告诉了我那一场的几个身段，几个转身几个水袖，于是就把情感的最深最曲折的内涵都抖了出来了。

这是最现实的最精炼的表演，是我们舞台上的了不起的瑰宝。

最后，我想一提周先生的爽辣而沉厚的道白与喷口，是真能在韵白里灌入了感情的。一句一句话都给观众一种震撼，周信芳先生是有这种本领的。如《坐楼》中，他与阎婆媳合口，两个人争论，最后实在说不过她了，只能搬出封建社会里最有力量的一条理由，他说："你是我三十两银子买的!"周先生的这一句，真是千锤百炼，照旧说法，是从丹田里喷出来的一句。这一下，把宋江满肚怒气与怨恶全喷出来了。爽、辣、狠、干……好像一口要将她吞下去，好像真能听见那咬牙切齿的声音，听了真为之凛然!

这样的喷口、口劲，在现在的舞台上也没有第二份了。

零零碎碎地只提到了一枝一节，可是这一枝一节是都可以作为表演方法的范例来提出的。这就是我们现在舞台上极可珍贵的典型!

原载一九五一年三月五日《大众戏曲》第一卷第一期

怀周信芳

周信芳的追悼会，最近在上海举行。这是人们盼望了很久而终于感到了非常欣慰的一件事。

十年来，我们失去了不少位作家、艺术家，他们的过早离去都是和林彪、“四人帮”灭绝人性的迫害分不开的。周信芳是受害最早也最重者之一。早在十多年前他已经几乎失明了，面对敌人的残酷迫害，他是非常勇敢的，没有低过头。社会上流传着不少他在生命的最后依然挺立不屈的动人故事，使人想起他的名作《四进士》里的宋士杰。

最近又在电台里听到《四进士》的录音，是近二十年前的录音了，却使我感到了非常的激动。我细细地听，脑子里浮现了那个挂了白满的刚强、机智、勇敢老人的影子。这可以说是旧社会里正义的化身吧。这样的人物是不多的，但确实是存在的，就是这样的人，是中国的脊梁的重要构成部分。

周信芳的宋士杰，和马连良的不同，是更为老辣、爽朗、斩钉截铁、干脆利落的。他没有那种飘洒、雅致，不，这对宋士杰不合适。宋士杰是个“讼棍”，如顾读所说，但他是个富有人情味的可爱的老“讼棍”。他有一切“讼棍”的特征，但一切“讼棍”却没有他那种同情受迫害者的伟大的朴质的心。

宋士杰是有缺点的，他怎么能没有缺点呢？他生得太早了，那还是封建社会。他也动摇过，在下决心打抱不平、救出落入流氓之手的年轻妇女之前，他是有过考虑的。在官司打赢，自己却落了个充军的下场时，他也有过失悔，他还好酒贪杯……看来，宋士杰还是逃不脱一顶中间人物的帽子。不过，我宁愿看一个活生生的宋士杰，也不愿去看在江青的“理论”下捏造出来的完美无缺的英雄，不，就是奉送一百块金洋也不干！

周信芳把宋士杰演活了。当宋士杰下定决心，要和这伙贪官大干一场之际（这也是他的“缺点”，他看到了具体的某些贪官，却看不出这是一种制度），他把肩上的行李卷一弹，弹给了杨春，同时说道：“杨春，接包袱！吃得饱饱的，打这场热闹官司！”那种爽辣，充满了斗争激情的精神状态，简直演活了，使我坐在家里的收音机旁，也不禁高喊了一声“好”，受到了妻的谴责。回忆我上次在戏院里喊好，少说也有二十年了。这确实是我近来的一件赏心乐事，即使受到了谴责，也还是高兴的。

《四进士》这戏也编得好（不要忘记，我们的一些优秀的古典戏曲，编者不只是某一位作家，也有不少演员参加了劳动）。例如：最后一场公堂之上，主审的大官和被告的两位年兄（赃官），都坐在堂上。原告宋士杰跪在堂下。宋士杰声述他怎样获得赃证的经过时，说着说着，说不下去了：“小人有剁手之罪。”（因为他曾拨开房门）被告大官之一马上站起来大叫：“剁去双手！”但主审大官赦免了此“罪”，要他讲下去。讲了没两句，又踌躇了：“小人有挖目之罪。”（因为他偷拆看了通情的密札）另一被告大官又跳起来大喊：“挖去双目！”这又被主审大官阻止了。下面就是宋士杰出示了衣襟之上的密札抄件，两位赃官一下子就垮了台。

这真是充满了传奇色彩的，又是多么简洁而深刻地揭露了封建法典的森严。这些好像都是十分辽远的事，跟今天的我们很少关系了，但是并不。你不觉得这样的戏文还在什么地方上演吗？“四人帮”的骨干在拼命捂盖子的时候，某些人在对揭露者进行残酷打击报复的时候，不也是同样的咬牙切齿、大声叫喊的么？

我们的优秀的剧作家只用了两句话、八个字，就把这些老爷的灵魂勾画出来了。在这样的场合，是不能不喊“好！”的，即使是会受到谴责也罢！

周信芳为我们创造了远远不只宋士杰这样一个典型人物，我今天只讲了这一个，而且讲得如此粗糙，我很不满意自己。不过我想，为了勾勒这位使人不能忘却的艺术家的风貌，讲讲宋士杰，还是有充分的理由的。

一九七八年九月

“正是江南风景好”

这两天正是最美好的“江南春”季节。正在此际，在上海举行了盛大的“俞振飞演剧生活六十年”的纪念活动。连日看了几场演出，觉得这是名副其实的一次盛会，也有许多感想。

回忆我最早看俞振飞先生的演出，还是在三十年代的末期，那时他已拜在程继仙门下，开始从昆曲剧场走入京剧舞台，这事实本身也说明了近代中国戏曲史上的一种发展变化。不过那时我们都还亲切地称他为“江南俞五”，欣赏的还是他的“书卷气”。他先是与程砚秋合作，后来又加入梅畹华的剧团，也参加过不少京剧的班社。这之间，他的演出风格也有所变化。

《贩马记》，是梅畹华的名作，过去我一直看的是姜妙香的赵宠，振飞来了以后，姜妙香就改演保童。回忆我的看戏印象加以对比，姜的演出风格似乎是古典的，俞的则是更近于近代的。两种风格各有千秋，也正是“百花齐放”的一个好例。

昨（四月十九日）夜的演出，给了我极好的艺术享受。

振飞的表演，可以借用一句老话，“归真返朴”“炉火纯青”，似乎他又回到了他的旧风格，更洗炼，更淡，也更美了。他终于还是回到了他的“故园”。振飞已是七十九岁的高龄了，人们千万不能忽视年光给一位艺术家带来的锤炼。

同样的情形，在表演艺术家张君秋的身上也是鲜明的。那火候、气度、情韵，年轻的演员，即使是天才，也将难以获得。

五十年代初，振飞从香港归来，与他曾有过颇频繁的过往，在小酒店里对酌，在家里听他拍曲，他自己还吹得极好的“满口笛”，在剧场里也常常看他的演出。那真是一段值得忆念的日子，正是“歧王宅里，崔九堂前”，视为寻常。不料二十年来，此乐竟不可复得，有时甚至有“广陵散”之叹，以为“此曲只应天上有”了，这就是昨夜看戏使我非常欢喜激动的原因。真使人感到，祖国文学艺术的春天，在今天已经大踏步地来到了。

振飞也真的不老，或者说是恢复了青春。那气度，那举止，还有那嗓音，都是使人喜出望外的。他的唱法、吐字、顿挫，还有那特别吸引人的尾音，都是真正值得珍重、学习继承的。那不是一般的唱法，是唱出了感情的变幻的，仿佛在乐句里加上了必要的标点，这不是平常的“标点”，事实上要繁复得多。

衷心希望他能在春秋佳日多来几次示范演出，使我们听到像《迎象哭象》《惨睹》《小宴·惊变》……那许多名贵的曲子。这是可能的，并非只是没有根据的渴望。

《贩马记》本来也有些话可说，不过篇幅不允许了。这也写的是一个“平反冤狱”的题材，不过解决矛盾的方法与一些同类题材的戏曲不同。此外，《贩马记》是一出吹腔戏，是京剧吸取的古老的、地方剧种的营养之一，与《打樱桃》同属一类。此外还有“弦索腔”（如《小上坟》《思凡》《出塞》）、“南啰腔”，等等，这已经是一种常识了。但有的报纸却称之为昆剧，并从而立论，这是应予纠正的，因为与历史事实不符。

昨天晚上的剧目中还有张文涓的《捉放》，童芷苓的《金玉奴》等，都是好戏。《捉放》是人们耳熟能详的，张的演出正是高唱入云，精彩纷呈，理所当然地受到了全场的热烈赞赏。观众的高兴是必然的，“余派”还在这里，在我们社会主义祖国百花争艳的戏剧舞台上。

一九八〇年四月廿日

江南俞五

这是朋友黄宗江在《卖艺人家》一组散文中的篇名之一。这些散文写得才气纵横，我是它们最初的读者与编辑。我欣赏这些文字，也欣赏文章的许多题目，如《江南俞五》即其一例。当时（一九四六）我们都还不认识振飞先生，只是他台下的忠实看客。不过我们非常喜欢他，尤其欣赏他的书卷气。在宗江说来，恐怕还有另外的原因。振飞先生本来是大学生、大学教员，但后来下海变成了演员。宗江也是走出学校登台“卖艺”的，当然会感到亲近。这里面当然有那么一点对旧社会表示反抗的意思。至于我，既未下海，也未登台，从头到尾只是一个看客，自然也就隔着一层了。

提起书卷气，也是很有趣味的事物。说起来虚无缥缈，难以捉摸，但它确实是一种客观存在，谁也否认不了。译成今天的词汇，也许可以说是知识分子气息吧，但又不大像。这种“气”值得称赞还是应该诅咒，我至今也还是糊里糊涂。记得三十年前我曾在中国人民解放军的一个剧团里工作过一个短时期，如果说是“下海”好像也是可以的。拉我“下海”的也还是黄宗江。剧团在排戏了，是一个传统的才子佳人戏。戏里的男主角是一个书生。演员演来演去都不像，导演发急了，就指着我说："看，这就是书卷气。"这一示范是否真的起了什么作用，我不知道。当时只觉得非常惶恐。我至多是手里有时捧着一本书而已，捧一本书就算有了书卷气么？我很怀疑也对导演很不满。

书卷气看来着实有些神秘。

《江南俞五》好就好在能烘托出这书卷气来。此外，它还能表现出俊雅、飘逸、豪侠……许多种意境。"江南"这个限制词起着不少的作用，一下子就把非常丰富的规定情景点染出来了，把台下的演员与台上的角色联系在一起了。

我与振飞先生结识，还是解放初他从香港回来之后，很快就熟起来了。后来有很长一段日子不相往来，几乎断了知闻。前两天为了请教一个戏曲上的问题才第一次到他的新居里去拜访。

他住在一座新建的公寓楼里。在门口就听见了里面急管繁弦和女声的高歌，这是俞夫人李蔷华在练唱。她是程派青衣，前不久在剧场里欣赏过她的表演，现在有机会听她吊嗓子练唱，是令人高兴的。

坐在客厅里时，看见墙上挂着赵朴初写给振飞先生的一首词，是祝贺他舞台生活六十周年的。词后还有小跋，大意是说，若干年前在北京的人民大会堂的小礼堂里看俞的《迎像哭像》。大轴开始之前有朋友要离去，坐在一起的梅兰芳先生劝住了他，梅先生说："这戏是不可不看的。"赵先生说，果然，这是一次使人不能忘记的精妙的演出。我没有抄下赵先生的词和小跋，那大意就是这样。

很自然地这就成了我与振飞先生的话题。

我告诉他，一九六二年吧，在上海的丽都电影院也看到过一次他的《迎像哭像》，那次演出留给我的印象真是难以磨灭的。他的扮相、喉咙，幽咽疾徐，痛快淋漓，尽情倾泻了李三郎满腹悼逝伤怀之情。我觉得，这比他的《荆钗记》《见娘》一折还要来得精彩。我也曾看过一些昆曲，北昆看得多一些，但我从来未见到更好的昆生。挂着糁灰髯口、年已八旬的李三郎，在我的想象中，未必就是这么一位使人同情的皇帝，不过振飞先生所描绘的确实是一种极出色的艺术上的典型。俞先生说，《哭像》是《长生殿》里写得最好的一折。

我后来又找出了《长生殿》，重读了这一折。重读时，仿佛在记忆里又重复了一遍他的表演。

洪昇在这一折里，确是用了极大的气力，深深地进入了李三郎的内心，把他的重复了多少遍的悔恨、怨怅、回忆、想望……种种思想活动都尽力写出来了。当然，这李三郎是洪昇所理解、认识的李三郎。

杨贵妃旃檀香雕成的生像，在舞台上是由戏校学生、年轻的女演员扮演的。她盛装着坐在一把椅子上，由宫娥们抬了在台上行走，后来放在“神龛”的位置上。在整折戏中，她眉眼都不能动一动。

李三郎就是面对着这雕像倾诉他的内心衷曲。他悔恨在马嵬驿前竟自没有提出过一点抗议，没有能保护他心爱的妃子。“羞杀咱掩面悲伤，救不得月貌花庞。是寡人全无主张，不合呵将他轻放。”（脱布衫）“我当时若肯将身去抵搪，未必他直犯君王，纵然犯了又何妨，泉台上，倒博得永成双。”（小梁州）

这是细致、真实的内心剖析，是深刻的。

李三郎上马，送娘娘入庙，升座，拈香，奠酒。

“今日呵，我在这厢，你在那厢，把着这断头香在手添凄怆。”“把杯来擎掌，怎能够檀口还从我手内尝……”李三郎捶胸顿足，后来竟自发现，“神像之上，果然满面泪痕”。这一折只由李三郎独自演唱的曲文，如果说是由一连串意识流的细节所组成，应该也是可以的吧。

振飞先生还记得六二年的那次演出，他说那是他自己认为很满意的一次表演。至于赵朴初提到的那一次，倒并不怎样成功。

那一次，上海的一些出国戏曲节目到北京去预演。这中间，周总理说昆曲也可以出国，不过考虑到使外国观众易于欣赏、接受，要选一些动作较多、唱段较少的节目。曾在文化部的礼堂演出过一些昆曲折子戏，《迎像哭像》是其中之一。大家非常满意，就又在人民大会堂的小礼堂重新组织了一次，来观摩的几乎包括了首都全部的知名人士。这就是赵朴初提到的那一次。俞先生说，非常奇怪，那一次演得很不得劲，自己也不知道原因何在。第二天遇到梅先生，也说演出不够理想。后来还是梅先生指出了问题的所在。在人民大会堂里即使是小礼堂，也要比只有七八百个座位的丽都影院大得多。演员在这样的台上运用原来在小礼堂惯用的身段、节奏和舞台调度，就无法不力求适应宽阔的台面。梅先生说，唐明皇当时已经是八十岁的老头儿，却要在台上做快速的大动作，连太上皇的气度也不能不削弱，受到损害了。俞先生说，梅先生的这几句话，真是行家的见解，也完全解决了他总觉得在台上不舒服、“赶落得慌”的疑团。

那次选拔昆曲节目的结果是程砚秋先生拿出了他自己的剧本《女儿心》，重新改写加工，创作了《百花赠剑》，这个戏后来果然在国外获得了很大的成功。

我向振飞先生建议，现在是他把自己六十年的舞台经验，包括许多“艺坛轶话”写出来的时候了。这许多，即使是一鳞片爪，也是非常珍贵的，人们有权利要求记录，并流传下来。

一九八一年七月三日

“歌台忆旧”之忆旧

读《歌台忆旧录》，颇引起了兴趣。兴趣来自两个方面：第一，这些诗词几乎全是说的昆曲，而我对昆曲虽然见得不多，却很是喜欢。最近在苏州举行纪念会演，就曾千方百计想去观摩，可惜因为种种原因，终于未能如愿。后来听同志们见告，周传瑛、王传淞等传字辈诸位以古稀之年，俞振飞先生以八十高龄，还登台演出，声情并茂，令人惊叹。我虽未得看戏，也觉得十分高兴而满足了。现在从《忆旧录》中又在纸面上“看”到许多演出场面，也同样感到高兴，并引起了许多旧事的回忆。第二，使我感到兴趣的是《忆旧录》的形式。这是所谓“观剧竹枝词”之类的作品。在我国古典文学中“竹枝词”是一种重要的形式，是一种活泼的、自由的、使人喜闻乐见的形式。当然，以戏剧为主题的，并不占主要地位，多半是记风土、民俗、古迹，甚至金石、书画也都有人采用这种形式加以吟咏、记录。以浙江一隅而论，《鸳鸯湖棹歌》是朱竹坨的名作，很多人都知道。关于杭州的则有《南宋杂事诗》，这是厉鹗、赵昱等七家的合集，简直可以看作一部用诗歌写成的临安史。稍后还有《雪庄西湖渔唱》，刻于乾隆中，则进一步写成一部西湖导游了。潘炤的《西泠旧事百咏》，则是《南宋杂事诗》的补遗之作，刻于《小百尺楼丛书》中，非常精美，也极少见。此外，嘉善曹廷栋的诗集《产鹤亭诗稿》中有两卷就是正续《魏塘纪胜》，几乎把嘉善一方的名迹都数遍了。朱芳蔼《春桥草堂诗集》的卷二是《吴门杂咏一百首》，那是以浙人而记吴事，写到邻省去了。以上只是随便举例，可以说这类作品简直是大量的。

"观剧竹枝词"就较少。除了金桧门的作品外，我所见有《日下梨园百咏》，是同光间人稿本，记录的是早期的乱弹情况；另一种《味梨集》，刊于道光中，则所记全部是昆剧，是江南一带的戏曲史料。

照我的经验，除了一二名作以外，这些"竹枝词"都不以诗长，最重要的则是那些小注。有的还长达数百言，其中藏有大量珍贵的各种知识，在其他的正经书中往往是看不到的。但至今历史学的研究者们似乎还不曾充分注意到这个事实。希望不久的将来，有哪个有见识的出版社将这些"竹枝词"搜罗起来，选编集印。我看在某些方面，其重要或并不逊于方志。

《忆旧录》中有 1955 年所作《与黄宗江宴周传瑛、王传淞》一词。这就使我想起，我的第一次得观《十五贯》，也是被宗江拖了去的，时间也许还要早一点。记得那是一个冬天的傍晚，宗江拉我去看戏，说是仙霓社的旧人已经沦落到极为悲惨的境地，应该捧场、应该宣传。我听了一跃而起。想当年在天津读书时，就干过这样的事。其时北昆的郝、侯、韩、白已经被挤到天祥商场的楼顶演出了，票价极低，上座极惨。每逢假日，我就前往捧场。当时还没有打字幕的设施，随身带了一本《缀白裘》，恭恭敬敬地去看、去听。演员身上的破旧戏装与真正发光的歌唱、表演，形成了一种奇异的对照。就在这里，我上了昆剧的基础课。虽然浅薄，但到底得到了一点概念，这是使人不易忘记的。不料二十年之后，在上海又重新遇到了同样的情形。

记得那次演出的场子是在苏州桥堍的一个茶楼上面。说来惭愧，我还不知道在上海有这样一个剧场。那天一面看戏，一面唏嘘，自然一半也是因为天气冷。我们的结论是，这样的剧种，这样的演员，这样的剧目，是完全不应该落到这地步的。那天台上演出的印象已经模糊了，记得清楚的是我们在终场后到后台，就在那里第一次认识了周、王二位，他们已经卸去了戏装，脸上还没洗净残零的粉彩，他们身上单薄的衣衫，瑟瑟的身影，握手之际的激动……这一切都还在目前。好像还见到了张娴同志，她留给我的印象也是很深刻的。那天的天气很冷，我们没有待多久就辞出了。

宗江是演员出身，他懂得演员的心。他的赞赏《十五贯》，则并非全出于同行的同情，也是清楚的。我则只是一个外行的看客，一直站在边上。

《忆旧录》下面的一首就是“《十五贯》轰动京师”，这是第二年的事了。

似乎还有一些旧事可以写。即此，也可见“观剧诗”这种形式是很有意思的，它不但保存了一些史料，还可以引起观众的回忆与联想，这一切，实在都是很有意思的。

一九八一年十一月三十日

白昼打斗

不久前，《纽约时报》有一篇关于中国艺术团的评论。她说：“除了中国人以外，有谁能在光亮如昼的舞台上表演两个人比刀法而使观众觉得两人似乎在黑暗中进行，而且要刀要得恰到好处，没有伤人。”这说的是京戏《三岔口》。

每个看过《三岔口》的中国观众，看了这些话，一定会发出会心的微笑。我也并不例外，同时还想了一想。这些话里表现了素朴的中美两国人民之间的友好情谊，此外也还包含了对一种外国艺术形式的新鲜感。也不能不说，这些感觉是提供了尖锐、深刻的启示的。

文化交流、旅游事业，这些事物在二十世纪七十年代恐怕也确是必要的吧。中国人民不但热烈欢迎有更多的外国朋友到中国来观光，他们自己也渴望到国外去参观访问。有些东西，看惯了简直不当一回事，可是由陌生人来看，往往一眼就能发现那特点，而且往往总是准确的，虽然不可避免会有些粗疏。不必担心，这种比较、鉴别，是会逐步深化的。

《三岔口》，我们看了多年了（自然，最近这十几年，我们被剥夺了这种眼福）。我们看过好几代著名演员的演出，熟悉得很，甚至连一些细节、技巧也都记得清清楚楚。每个观众都明白，这两个人是在暗房里摸黑搏斗，而对光亮如昼的舞台照明熟视无睹，简直完全忽略了。有谁会提出这个“愚蠢”的问题呢？连小孩子也不会。

中国的舞台艺术，有一个原则：就是为演员提供一个最空阔、最净化（几乎是邻近“真空”）、最明亮的舞台，一切交给演员去自由创造，而他和她们就在这里创造了艺术上的奇迹，真实地、艺术地再现了生活。

前些年江青的“样板剧团”有时也忽发雅兴，要为工农兵演出，但只能到大城市，不必说农村，就连一些较小的城市也不肯去或不能去。原因之一就是他们那些“装备”，火车运，要专列；汽车装，就像摩托化兵团演习。不说山乡僻壤，连小点的城市也受不了，惹不起。

也就是二十几年前吧，以演孙悟空戏著名的张翼鹏（盖叫天的长子），在杭嘉湖一带跑码头，搭班演戏，遍历水乡，随身行李不过是一小包孙悟空的戏装，外加一根金箍棒而已。

自从数十年前京剧改革运动开始以来，自然做出了许多成绩；但也毋庸讳言，干了一些蠢事。如果简单地总结一下，可以这样说，凡是理解并掌握了京剧的艺术规律的，就能做许多聪明、有益的改革；反之，就只能制造一些荒谬绝伦的笑话。

最为愚蠢的企图之一，就是想把京剧舞台如此广阔自由的天地装进话剧的“三面墙”里。

《三岔口》的搏斗，是在灯光如昼的条件下进行的。为什么观众（连第一次欣赏的外国观众）会承认这一切都是在黑暗中发生的呢？别无其他神妙之处，关键仅在演员的表演、身段、表情。每一个细小惊险、快速的动作，人物的每一个细微但极敏锐的，有时还是幽默的反应，这一切都是真实的、艺术化了的。他们是在“摸黑”，这是确定无疑的。为什么要灯光如昼？就是为了使观众能掌握演员身上、脸上的一切细微的变化。

江青也会使用灯光的。在她“呕心沥血”培育起来的“样板戏”里，好人就给打上一组红强光，亮得演员眼睛也睁不开；坏人就给打上一组蓝光、绿光，使观众睁大了眼睛也看不见。真是不可多得的“光辉成就”。

看惯西部牛仔打斗片的美国观众，忽地接触了这样一种截然不同的艺术处理，仿佛把两个对手拉到非常近的距离，装上放大镜，请你细细观察他们对殴的一切细节。他们的惊奇，完全是不奇怪的。

我很喜欢看美国的西部片。我觉得有些西部片在艺术上是有独特的成就的。那种风格、样式、情调，在我们的艺术作品中就没有或缺乏，值得借鉴。我们也有我们自己的民族艺术传统，其中有大量的好东西。我们自己首先应该有一个清醒的认识，不要数典忘祖，也切不可夜郎自大。

一九七八年十月

刘备·孙权·贾化

传统京剧的名作《甘露寺》最近又时时上演了，这就使我经常想起一个有趣的角色——东吴大将贾化。我想，贾化大约并无其人，不过是剧作家的创造。翻了半日书，果然不见他的大名。同时还发现，不只贾化是编造出来的，还有许多重要史实也都和剧本的情节不合。因头自然是有一些的，但剧作家驰骋起想象来也真大胆而自由得很。好像很久以前，人们就已经掌握了“两结合”的创作方法了，这是很有趣的。

孙权的母亲吴氏，是确有其人的。她主持过许多重大政治决策的会议，也确有见解，有威信。不过她在建安七年（此据《吴志》，《通鉴》则在十二年）即已死去，实在来不及参加甘露寺的订婚宴会。

更重要的是，史载“权以妹妻备”，而想出把刘备留在东吴，使他安于淫佚生活而丧失进取心的主意的却是周瑜。孙权的态度很明确。“权以曹操在北，方当广擥英雄，不从。”正是孙权否定了周瑜那种偏狭的地方主义的策略，显示了一个政治家的远见。也正是从这种地方，可以看出他之所以成为国主的条件。

可是在戏里又怎样呢？决策和幕后指挥者是周瑜，孙权不过是个执行任务的角色。出洋相、受批评，弄得坐立不安，张皇失措的是他；当着刘备与东吴将相，做了沉痛检讨的也是他，成为一个十足的丑角了。在京戏中，花脸而赋有妩媚、天真的性格者并不少见；受尽奚落、揶揄如《甘露寺》中的孙权者就难得，也许只有《战宛城》中的曹孟德差堪比美吧。

事先在甘露寺的大殿西厢埋伏了校刀手，只等酒席筵前孙权掷杯为号，就杀出来把娇客刘备干掉，这是事先布置好的计划。率领打手，听命于孙权的就是这位东吴的“大将”贾化。

贾化的扮相也很有趣。他虽然是个“大将”，但举止委琐，毛手毛脚，比小丑还不如。和贾化属于同一类型的有《长坂坡》中负有“一来送剑、二来送死任务”的“曹营背剑大将军”夏侯恩。夏侯恩可能有这个人吧，还可能是曹操的堂兄弟之类。从这里也可以看出剧作者的爱憎，他对曹操是更加放手地进行调侃的，对孙吴就还留有余地。这样的任务分派给黄盖、程普这样的人物都不大合适，于是就只好杜撰了一个贾化。

在甘露寺的酒席筵前，贾化比孙权还要来得紧张而焦急。他不能出头露面，但必须时时领会主子的意旨，以免贻误“战机”。于是就多次出现手握剑把，探头探脑的场面。贾化每次露头，都会引起观众很大的兴趣。这一场的剧本结构和导演处理都是极出色的。有几次已经发展到孙权离开席面，拉了贾化，后面还跟着一串打手，气势汹汹口喊杀声眼看就要进殿动手，但终于没有成功，最后以当场败露而结束。

《甘露寺》是“群戏”，平常上演难得有十分整齐的搭配，像孙权这样的角色，大抵只由班底充数。不过我却看到过一次极好的演出。那是一九五一年在北京怀仁堂，由梅兰芳、马连良、谭富英、叶盛兰、李多奎、马富禄、侯喜瑞等演出全本《龙凤呈祥》。事隔多年，有些次要的角色，也许记得不真切，但裘盛戎的孙权给我留下的印象却是极深刻的。我没有看到过更精彩的孙权，也没有看到过比这次演出更用功、努力的裘盛戎。

在《甘露寺》里，刘备也是个受到善意讽刺，非常生动但也多少离开了历史真实的人物。不能不佩服剧作家的豪情，他是在写戏，他心目中有自己理解、孕育的一整套人物；不拒绝历史的提示，但其实并不对历史有怎样过分的虔诚。《二十四史》本身很难说“句句是真理”，这是人们很久以前就一致承认的了。为什么不能经过自己的研究、理解而得到新的结论呢？自然，可以有不同的结论。无论是孙权、刘备或贾化，都可以有不同的理解与结论。

《通鉴》对刘备与孙权的妹妹的政治性结合，有简单扼要的记述。

“权以妹妻备。妹才捷刚猛，有诸兄风。侍婢百余人，皆执刀侍立。备每入，心常懔懔。”

这就是全剧重要的历史依据。刘备在出场之先就是“心有预悸”的，戏的全过程自不必说，一直到《芦花荡》张三爷出现以前，也还免不了“心有余悸”。在这里，刘备的形象颇不高大，许多地方都不免有失皇叔的身份，但观众是理解的、原谅的。刘备又怎能完全摆脱各种样式的“悸”呢？周瑜的恶意的笑，孙权阴阳怪气的面孔，孙尚香身边手执刀剑的侍婢，乔玄的小道新闻……最后还有探头探脑随时准备拔出小刀来的贾化……

看来刘备终于是会坚强起来的，让我们为他祝福。

一九七九年十月三日

贾桂思想

京剧《法门寺》里的贾桂，是“九千岁”刘瑾身边的一名忠实奴才，是一个浑身充满了低级趣味的人物，是无名舞台艺术家创造的一个典型，也一直是中国观众的“熟人”。

可惜在十多年中间，《法门寺》竟绝响歌坛了。贾桂也变成了观众陌生的人物，成为文献中的一个“僻典”，大小辞书里都查不到，有时竟必须加以注释了。

《法门寺》是一出“群戏”，有着各类不同的角色：老生、青衣、花旦、老旦、丑旦、花面、小丑，配搭齐整，铢两悉称，各人都分担着重要的表演任务。贾桂是小丑应工，其重要性不在老生、青衣、花面之下，千万不能用“乏角”充数的。

像贾桂这样的角色，也会有思想的么？有的，而且是简直形成了一种体系了。

贾桂是奴才，他的主子刘瑾也是一个奴才，但他们之间是有区别的。

奴才与奴隶是两回事，这已经是常识了。那区别，首先表现在对自己的生活、处境的态度上。奴才是欣赏、满足于自己的生活的，奴隶则只是痛恨；两者也都想改变自己的生活与处境的，奴才是想爬上去，向“奴隶总管”的方向努力进军，奴隶则只想打碎身上的枷锁。因之，奴隶只有一面性，而奴才却有两面性。对上，他是奴才；对下，则是“总管”，或至少要表示出这种优越性来。

贾桂与刘瑾不同。刘瑾是已经爬到“奴隶总管”的地位了的，如他的自白，就是“一人之下，万万人之上”，而贾桂则尚处于天真的、浑浑噩噩的自我陶醉状态之中。因此在思想上说，他们也是不同的。凡奴才，总是以主子的思想为自己的思想的。但具体情况不同，奴才之间也会有某些差别。如刘瑾，当他“坏了事”以后，在审讯过程中，就颇暴露了某些“不轨”的念头。在“廷杖”时，刘瑾一直是闭目忍受的，但在一次间歇中，忽然睁开双眼，定睛看着面前的大小官员，说道：“满朝文武，都是我起用的！”这就分明显示出“不轨”的迹象来了。在贾桂身上，是找不出这种缺点的，他虽然有时也有不满、委屈，但无论如何也不会发展到腹诽的程度。

刘瑾和贾桂，陪侍太后老佛爷到法门寺去拈香。民女宋巧姣在外面喊冤，刘瑾说：“什么人鸡猫喊叫的，惊了驾怎么办，抓去杀了吧。”贾桂立即“喳”了一声，照转下去。此际，太后发表意见了：“佛殿之上，岂有杀人之理！”她的意思是说，杀个把人固然不成问题，但时间、地点不加考虑，那就不对了，指出了刘瑾的错误。刘瑾把脸一抹，问贾桂道：“这是谁的主意？”贾桂自然答不出。其实刘瑾也并不要他回答，这就是所谓“官话”的妙用。贾桂是值得同情的，他满腹委曲，嘴里也不免嘟嘟囔囔，但也不过只此而已，他决不会追究刘瑾的责任的。类此的情况，他实在也见得多了。论奴才品格的纯正，他确也不愧是第一流。

不过，我们也千万不要为贾桂的这种“好品质”所愚，认为他一直是那么好脾气，卑躬屈膝，见人矮三分。不，他还有另外一面。在弱者面前，他是毫不谦虚、退让的。他传达杀人命令时，连眼睛也不眨一眨；那位郿坞县的县太爷，在他看来，也并不比一只鸡鸭更尊贵多少。

刘瑾真也离不开贾桂，没有了这个身边人，他怕连说话都困难，呼吸也不畅快。刘瑾自夸声势如何煊赫，问道：“咱们爷儿们这点势力可也够瞧的了吧?”贾桂马上回答：“敢情！不但够瞧，而且够瞧老大半天的哪!”真是听了使人浑身舒畅。贾桂是非常佩服刘瑾的，但有时也会出现不能完全理解刘瑾意图的情况。大审时带上了刘媒婆，当刘瑾知道她是以“说媒拉纤”为职业时，勃然大怒：“我最恨这种人啦!”贾桂瞠目不知所对，幸亏刘瑾马上做了解释：“咱们爷儿们这辈子用不着她啦!”他这才恍然大悟，佩服极了。这个刘媒婆，并非以任何罪名，仅仅为了不能为太监服务而被从肉体上消灭了。

这许多，都是有些近于闹剧的处理，恐怕会引起纯正的戏剧评论家的疾首蹙额的。不过，那效果是极好的。一场大审，处理了若干人犯，简洁明确地交代了刘瑾的是非标准，也说明了那是怎样的时代，和人民的连鸡鸭也不如的命运。

贾桂并非思想家，但他确有思想。凡奴才，总是以主子的思想为自己的思想的。因此贾桂也就有了自己思想体系，在过去很长一段时期，人民的命运就是由它操纵着的，这是几千年封建社会留给我们的沉重遗产当中的严重的一笔。

看来，国家要走向现代化，加强法制与发扬民主是完全必要的。

一九七八年十月

为宋士杰恢复名誉

《人民日报》发表了谢老（觉哉）的《日记摘抄》，读了很有感触。

过去我只知道谢老喜欢写旧诗，又从《人民日报》八版读到过他写的几篇杂文，不但极有风趣，文字也极干净，毫无八股腔，更可贵的是有学问。这里所说的“学问”，并非“读书破万卷”或“书簏”的意思，这种传统的看法其实是很不妥当的，充其量这也不过是教条主义的一种条件而已。真正有学问的人，必须有丰富的常识。不只是从书本上得来，尤重要的从实践中得来的常识，还要有清醒、明澈的头脑来驾驭这常识。这样的学问，得来绝非容易。有一副旧对联，上联是“世事洞明皆学问”，就很有些意思，至少在着重社会实践这一点上是讲得好的。

谢老长期从事政法工作，特别关心民主和法制的建设。从《日记摘抄》中可以体会到，他有一颗金子的心，一切为了人民大众的心，这是最值得佩服的品质。日记中有许多精语，譬如他说：“合情合理，即是好法。”这是一句很简单的话，但分量奇重。这两句话如果落在“四人帮”的论客手里，是可以写出万言长文，加以“批判”的。什么情理？什么人、哪个阶级的情理？……这样推论下去，什么“罪名”都能扣得上。这就是读谢老日记不能不感慨系之的原因。

谢老在日记里讲了讼师的故事，真使我大开了眼界。照我一贯的“宿见”，恶讼师是封建社会的毒瘤，律师是资本主义社会的产物。今天对我们说来，都是用不着的事物了。岂有共产党高级干部、司法专家还会加以评论，甚至有所肯定呢？这种“宿见”当然是可笑的，即谓之为“四人帮”的余毒似亦未为不可。

谢老说：“状词还要有要挟官厅不得不信的作用。前清禁讼师，有官司赢了，却要究办讼师的事。即是说，官被讼师所挟持，不能不听讼师之理。理输了，想泄愤。”请看，这里说的不就是《四进士》里的宋士杰吗？宋士杰抱打不平，一张状子告倒了三个官，这就使按院大人也有些不高兴了。尽管理是对的，官司赢了，还是得充军。过去的法规里是否真有这样的条款，我不知道，官的意在泄愤，则是无疑的。

其实宋士杰只不过是个被革的刑房书吏，大约与宋江的身份差不多，还够不上讼师，但他熟于衙门中的“公事”。谢老说：“前清状词有格式，不得过三百字。所以状词文字另有风格，非专门学习不能为。‘主语’很要紧，主语得力，下文就易办。”这里所谓“主语”，就是宋士杰所说的“由头”，千叮万嘱要干女儿牢记在心的。宋士杰这个被革的刑房书吏，虽然下了野，还依旧是个有力量的人物，使官府为之头疼，视为一种威胁，必欲去之而后快。谢老说：“讼师，是保护人的。”这是对讼师做出的实事求是而勇敢的结论。遭到十多年诬陷的宋士杰，现在是应该恢复名誉了。

谢老在一九四一年代人撰了一张状子，他说：“一个同志被国特捉去暗害了。前年我代其妻作了个状词，全文忘记了。其主语为，‘生要见人，死要见尸；死则请宣布罪状，生则请明令释放事’。我想，接了这张状子的人，一定‘啼笑皆非’。不过，现在有些‘官厅’，比过去的官厅脸厚，他们的回答是‘不理’！”

这说的是解放前对国民党进行斗争的事。但今天看来，还是很新鲜的。林彪、“四人帮”横行的十年中间，造成的“冤案”“错案”可谓多矣。不管你的状词作得如何有力，理由多么充足，又有什么用呢？正如林冲在《野猪林》里向两个公人乞命，得到的回答只是“说什么闲话”！有时就连这样的回答也没有。直到今天，从《人民日报》的报道里，还可以看到有不少人在上告、上访。《人民日报》的报道，正好说明今天我们的力量与信心。人民敢讲话了，人民无比信赖党和政府。这可是个翻天覆地的大变化，是过去无论什么政府都不能想象的。如果说，中国人民对四个现代化的完成有完全的把握与信心，那根据就在这里。

不过脸皮厚的人物直到今天也并不曾绝迹。写了多少信，经年不答的也不是绝无仅有。有什么办法呢？只有用锋利的武器，将比城墙还要厚的一张张脸皮刺穿，只此一法，别无他途。现在人们也不再去请教讼师、律师，大抵自己动手，他们都经历了反复的锻炼，写下了大量的信件、材料。我相信，这中间有不少是会有文学或史料的价值的，因为这都是浸透了血泪的文字，而用血所写的书，是不会磨灭的。

谢老还讲到了“判词”：

> 乔太守乱点鸳鸯谱的判词说，夺人妇人亦夺其妇，两家恩怨，总息风波。“独乐乐不如众乐乐”，三对夫妻，各偕鱼水。上联说理，下联说情，不服的也自然服了。现在当然不要这样掉文了，但呆板地引用“第几百几十条”，老百姓是不愿意听的。我意断案应根据条文，做判词则应很通俗地说明道理。状词上提到的应给以回答，没有提到的也应替他想到。务要判词出来，人人拍手！这同时也就是一种实际的社会教育。

老辈是有老辈的风范的，这就是一例。又有一句老话“王法不外乎人情”，这是过去的时代人们为“王法”划定的“最低标准”。今天当然不是根据“王法”办事了，但岂有真正的马列主义却违背、不合人情的么？那可是太奇怪了。谢老的头脑里大概没有什么“禁区”，他引用《今古奇观》上的材料来讲极严肃的法制问题，这就使像我这样有“宿见”的人也不免为之吃惊。但他这样做了。这样的老辈，只能使人感到可亲，可敬，可怀。

一九七八年十一月

芥川的话

买到一册《芥川龙之介小说选》，读到附在卷末的《侏儒的话》，意外地发现了一则题为“看《虹霓关》”的随笔，是谈论中国的京戏的。芥川说：“不是男人捉女人，而是女人捉男人。——萧伯纳在《人和超人》里曾把这个事实戏剧化了。然而把这个戏剧化了的并不是从萧伯纳开始的。我看了梅兰芳的《虹霓关》，才知道中国已经有注意到这种事实的戏剧家。”读了这，是不能不引起一些思索的。到底是邻邦日本的著名文士，才能有这样敏锐的眼光，在旅行中随时都能发现新鲜事物。而在我们自己，因为习惯了，不以为意，也从不引起思索，似乎从来就没有谁想到过这样的事情。

芥川还找来了《戏考》，发现了“女人运用孙吴兵法和使用剑戟来捉男人的不少故事”，如《辕门斩子》《双锁山》《马上缘》之类。这些戏几乎都很久没有上演了，有的我从来就没有见过。但它们曾在中国的舞台上出现，有的还曾是流行的剧目，则是确凿的事实。

传统剧目中以恋爱自由为主题，显示了强烈的反封建意识的优秀作品很不少，如《梁山伯与祝英台》，表现的就是争取婚姻自由的一场生死斗争。不过男女双方最后都被迫害而死，虽然壮烈，情调却是低沉的。《白蛇传》就不同，被迫害的女性站起来进行了勇敢的斗争，真刀真枪的斗争。不过戏剧家在这样写着的时候还是不能不有些踌躇。因为在现实生活中难得找出类似的实例，不得已只能使她化为“精怪”“义妖”，这才能放心大胆地写下去。《西厢记》这一类戏走的则是另一条路。作者清醒地知道封建势力的强大与凶恶，所以不采取正面冲突的方式，但对敌人是蔑视的。你说你的，我做我的，当然到头来还是摆脱不了一场冲突。这一类戏较多采取喜剧的形式，气氛也更多欢快成分。至于完全打破了“男人捉女人”的常规，由女方把心爱的男人“捉”过来的作品，竟能在过去的时代里产生，那说明的是怎样一种情形呢？从“宛转求生”到勇敢地、理直气壮地取得可以到手的幸福，这真不能说不是一个极大的飞跃。多年来中国的观众没有能注意并指出这样的事实，是应该感到惭愧的。

《虹霓关》说的是怎样的故事呢？一员女将为了“替夫报仇”，满身重孝，出关复仇，最后的结局却是将“仇人”擒回，和他结了婚。我真觉得奇怪，这样的戏在旧社会竟能传唱不衰，无数道学家也不曾提出抗议，请求禁演。《虹霓关》触犯的封建规条是双重的，不仅表现在“女人捉男人”上，这女人还是个身穿热孝的寡妇，她一下子就“背叛”了先夫，投入“敌人”的怀抱里去了。这样的作品在过去京戏舞台上可以幸存，并能盛行，想想也是有点稀奇的。

过去时代的文学艺术作品，无论精粗美恶，总都具有一种认识价值。通过作品，人们可以知道在不同的时代、不同的社会里曾经发生过一些什么事情，产生过一些什么思想，这一切都是人们认识历史不可缺少的依据。指导着《虹霓关》里的东方氏行动的思想，就绝不是当时居于统治地位的封建道德，而是当时的一种“异端”。我们知道了这事实，有助于对过去的认识与理解，这是无疑的。

文学艺术作品又是有它的宣传教育作用的，也相应必然产生其社会效果。这可是一件复杂的事情。我们的读者、观众都习惯于向文学艺术作品中的英雄人物学习，这是一种正当的良好愿望，也是文学艺术社会功能赖以实现的基础。学习的对象、学习的方法也应该依照作品的实际而有所不同，对学习的理解也不应该是僵死的。譬如我们常说的感染、潜移默化……应该也是一种广义的学习，但不是通常意义的学习了。对客观事物的认识，又怎能说不是一种学习呢？不解放一点思想，把学习局限在“描红”的意义上，是会发生困难的。大量的古典作品，即使是非常优秀的作品，中间出现的正面人物也多半是“学”不得的。难道贾宝玉和林黛玉是可以“学”得的吗？《虹霓关》里的东方氏是可以“学”得的吗？不要以为这是说笑话，最近就听到过一种意见：蒋子龙的《乔厂长上任记》塑造了一个“注定要失败的干家”，而这“形象是有害的”。为什么呢？理由是有许多现实生活中的厂长竟然将小说当作教科书看待了。这种意见足以说明，不只是读者，就是评论家也在要求作品成为“学习”的范本。乔光朴动辄训人发火，一切厂长也都应训人发火；乔光朴最后失败了，因此大家也要一起跟着垮台。既然对文学艺术提出了这样严格的要求，那就很难责怪把英雄人物写得十全十美、有如天人、无往不胜的作者。不久以前人们曾经领教过的某种“创作理论”，那出发点好像也就在这里。

现实题材的作品尚且如此，何论产生于过去时代里的古典作品。除非是“圣人”，恐怕谁都经受不起这样的“学习”。而我们又知道，“圣人”其实是从来不曾存在过的。

芥川还说：“看那《马上缘》的女主角梨花，她不仅把她所喜爱的年轻将军从马背上捉下来，并且不顾对方说对不起自己的妻子，硬是和他结了婚。”如果大家普遍地向梨花学习，那将有无数家庭遭到破坏，效果可真可怕极了。难怪芥川接下去说：“胡适先生曾对我说：‘除了《四进士》，我对全部京剧的价值都想加以否定。’”

芥川的这些话是六十年前说的，可以说是不折不扣的“老话”了，不过今天读起来依旧新鲜得很。不能不认为，这一切实在是很有意思的。

一九八二年三月七日

胡芝凤带来的风

胡芝凤带着她的剧团和《李慧娘》《百花公主》来港和广大观众见面了。香港的观众每年总有几次机会欣赏来自祖国的精彩京剧艺术，对京剧传统继承、发展的现状，对演员水平的估量……都有一个基本的判断。在香港，喜欢京剧的朋友是很多的，业余的京剧研究家也很不少。一般说来他们都是行家。他们的热爱京剧艺术和他们热爱祖国文化的心是紧紧联系在一起的。因此，选派到香港来的剧团和演员、剧目都是经过慎重考虑的，不但要拿出高水平的节目，也要派出优秀的演员。这种演出往往带有一种汇报的性质，希望使香港的观众能比较全面地了解京剧这一古老舞台艺术在祖国大地上的现实状况。不只是现状，还要使亲人们看到未来的前景。

为了这样的目的，来访的演员就不能只局限于前辈和老一辈的表演艺术家，带来的剧目也不应全是传统的保留剧目。在这意义上胡芝凤是介于中年和青年一代的新人，《李慧娘》也是饱含了新意的创作。在北京、上海和全国许多地方，她们都受到了普遍的高度的赞扬，有的评论家称她们的演出为一阵“戏曲旋风”，她们也确是倾倒了大量的观众。这中间，老年观众的比例又远远不及青年观众之多。有人说，在胡芝凤身上，看到了京剧艺术的未来。这是很高的评价，也许还需要时间和今后的实践加以验证。但有一点是可以肯定的，她身上有一股新风，她开始走着一条新的道路，她顽强地努力前进，人们在她的前进方向看到了鼓舞人心的曙光。这些也都是事实。

人们都知道，胡芝凤曾是清华大学的工科学生，她放弃了自己的专业而献身于戏曲艺术。她不是旧形式的戏曲演员，是知识分子；她也没有受过新式的戏曲学校教育，是业余戏曲爱好者出身，所谓“羊毛下海”。她也曾拜在大师梅兰芳的门下，但她主要是在一个地方剧团里摸索、锻炼成长起来的。这种颇有些特别的经历不是没有意义的。这一切都规定了她传统的因袭较少，吸收新营养的能力较强，她的成长、成熟一些都没有脱离实践。而这种实践，在戏曲学校、国家剧团这样的地方是难以想象的。演出的实践一开始就和观众的欣赏要求紧紧结合在一起。她所走的路是艰苦的，但也必然是扎实的。

胡芝凤选取《李慧娘》作为主要演出剧目，很久以来倾注了大量的精力、心血，是有很高的识力的。《红梅阁》是一个古老的剧目了，由孟超改编的《李慧娘》也是崭新的古典。江青、康生等的血腥镇压使剧作家冤死、剧本夭折，这就使这个复仇的女鬼形象再也无法从人民的心目中抹掉。我想这是这个戏之所以受到热烈欢迎的基本原因。当然，观众即使同情化为厉鬼的李慧娘，也不会满足于复仇的概念。他们需要看到一个活生生的，迸发出全部爱和恨的复仇者的冤死的女鬼。李慧娘壮烈的复仇行动是代表了千千万万受冤死去的善良人民的正义行动。观众很容易从这里产生共鸣，在感情上得到满足，这是容易理解的。怎样塑造一个使观众感到既谂熟又新鲜，可爱也可敬，是厉鬼又是外貌内心都美丽非常的女性，则是演员必须完成的艰巨任务。观众关心的是胡芝凤在这里到底做出了怎样的努力，获得了怎样非凡的成就。

怎样从一个单纯、善良、顺服地忍受着压迫、欺凌的弱女化为一个一往无前的复仇的女性，这是演员面对的艰难的任务。胡芝凤不是另起炉灶，一空依傍的。她有所遵循，有所依据。可贵的是，在传统的《幽会·放裴》中，她又有自己的新的理解，大胆而又细心地增添了新的血肉。专家们指出她在放裴与大闹半闲堂中采用了芭蕾舞的舞蹈语言，甚至融会了杂技中的手法，这都不能使人惊异。真正使观众惊叹的是，这一切糅合运用得如此完美。我看过几次《李慧娘》的演出，每次从她化为“厉鬼”以后都强烈感到精神一振的感染，所得到的满足又绝不是看过奇妙的“打出手”以后所能比拟。唯一的原因应该是，在这里戏剧的发展与技巧的运用已经减去了分明的痕迹，它们化为一体，一种美的存在了。

一个白衣的美丽女鬼和一个大红衣冠“狞恶”的判官在一起做戏，还围绕着一群小鬼。这是传统戏曲为我们提供的一种珍贵的表演程式与格局。但无论《嫁妹》的钟馗或《琼林宴》的煞神都无此美丽，无此强烈的色彩、动作上……的对比。应该公平地指出，这是一种发展与突破。因为这是在原有基础上的发展，所以观众是易于接受的，但也往往忽略了这里出现的新东西。这样的前进是艰苦的，但也是实在的。当一切新的发展使观众不易感觉其陌生时，这发展就是成熟的。仿佛嫁接在主干上的新的异体枝条，成活了，它将开出新的花，结出新的果实。

胡芝凤的尝试和努力，在不少人看来，似乎为古老的京剧艺术打开了一扇新的门，展现了一条新的路，使广大观众欢喜，得到满足，得到安慰。这是她的出色的贡献。路是人走出来的，是勇敢的人走出来的。在年轻一代艺术家的努力面前，某些哀叹面前好像已经没有了路的老专家是应该惭愧的。

一九八一年七月廿六日

后记

收入这本集子里的有三种是曾经印行过的小册子。它们是《旧戏新谈》（1948 年 8 月开明书店初版）、《谈水浒戏及其他》（1952 年 7 月开明书店初版，1953 年 5 月平明出版社新一版）、《西厢记与白蛇传》（1953 年 7 月平明出版社初版）。此外，《谈玉簪记》和《谈彩楼记》是我为两书的校注本所写的后记，《瞻望新歌剧》以下三篇则从一册通讯集《新北京》中摘出。此外，就全是不曾收集过的零篇。在重印这些旧作时，除了少量文字、技术上的改动之外，基本上都保存了原貌，还尽可能在篇末注明了写作的时间。

取名“杂文”，主要是想说明这些文字的内容、体制都是很庞杂的，并不意味着它们都是我们通常所说的杂文。

三十五年前在一种偶然的机缘中开始写“旧戏新谈”，我开始看出这种题材与形式的特殊的优越性。想对旧社会黑暗、腐朽的现实加以批判、攻击，谈戏是一条便捷而有效的路。传统的旧戏是劳动人民从社会现实中提炼、加工而成的艺术果实，它的根子是人民的生活，即使在它身上沾染了这样那样的灰尘、污垢，也掩盖更改变不了重要的本质。它提供的社会现象精确，标本太丰富、太深刻了，简直就像一部百科全书。尽管换了衣冠、改了腔调，但灵魂是无法改变的，常常会发现穿了西装革履、道貌岸然在街上走着的某些人物其实就是舞台上的某种角色。这就为写短评提供了丰富而生动的思想资料和联翩的浮想。

在封建思想的残余和形形色色的剥削阶级意识被彻底肃清之前，旧戏的这种特殊功能大约是不会消失的。

即使到了共产主义社会建成的时候，旧戏的认识作用与文献价值也将依然存在，就和二十四史与博物馆藏品一样，依旧会引起人们极大的兴趣。

正是基于这样的理解，我不大相信旧戏即将灭亡的神话。

同样，我又希望我们的戏剧评论工作有所改进，逐渐摆脱原始的直观的简单方法。旧戏产生于封建时代，当时的剧作者在进行创作时有时也会采用类似三十年代鲁迅写杂文的方法，使用了曲笔、“背面敷粉”等手段。现实主义的力量是强大的，有时忠实地艺术地再现的社会现实，本身就具有无比的批判力。在理解欣赏、评价这样的作品时就需要更多的耐心思索。看见鼻头上涂着白粉就立即判定必然是坏种，这样的“分析”方法已经不再是万应的灵药了。

这许多还只是问题的一个方面，另外还有更重要的一面是旧形式的革新与表现现实生活的课题。

以京剧为例，它的全部发展、壮大、兴旺发达的历史就是不断继承、吸收、改革创新的历史。这已为二百年来的实践所证明，标识着一个剧种兴盛的显著印记是流派的大量产生，流派又是最先由一位然后是一群演员组成的。它们都从同一株大树身上发芽、抽条，然后在不同的主客观条件下发展、长大，形成了仪态万方、繁花似锦的壮观整体。不能想象，一株生气勃勃的大树只有主干而芟尽了枝叶，这样就不会有繁荣而只能是萎谢。如果说京剧出现了“危机”，那危机可能就正在这里。

旧戏的应该而且必须表现现代生活，也是无可置疑的。我们今天所看到的大量传统戏，在它们出现的当时，往往正是那时的现代戏。如果旧时代的艺术家们不曾创造大量表现他们时代的现代戏，那么我们今天也将无传统戏可看。

旧时代的剧作家常常借用前代故事的躯壳表现当前的实际，这在小说、戏曲中都是常事；以真人真事形式出现的现代小说、现代剧也并非罕见。《鸣凤记》以及大批表现反对客魏、阉党新戏的出现，是晚明激烈的政治斗争的产物，正是一批不折不扣的现代戏、政治性极强的作品。在近代京剧的舞台上则出现了纷纭复杂的情况，但依旧可以看出，现代戏的活动几乎从来就不曾停止过。

像《四郎探母》这样的前代历史传说剧，剧中人物身上穿的则是地道清装，可以说是时装古代戏。“八大拿”分明敷演的是清代故事，施县尊（仕伦）、彭鹏都实有其人，但他们穿的则是明代衣冠。可以说，是古装的现代戏了。《十三妹》中的何玉凤与安龙媒也是如此，但邓九公的打扮则有点异样。《杀子报》是坏戏，但却是一出典型的现代社会剧，那里面出现的官、吏，都一律用的是清代官服。《铁公鸡》

就更不必说，为了取得反动宣传的效果，现代戏的特征尤为鲜明。向帅（荣）和张国梁的辫子还是表演特技缺少不得的事物。在袁世凯授意编演的《新安天会》中，连西装也登了场。作为有力的政治宣传工具，现代戏在不同时代、不同政治力量那里都是受到重视的。至于《玉堂春》中会偶然出现一场“哑剧”《请医》，那位不说话的郎中的穿着打扮，也和真正的医生无异，这样偶然的点染也是有的。在观众和戏剧工作者眼中，并不存在协调与否的顾虑，相反却流露了他们对表现现实的社会相的热心。

旧戏的改革与现代题材的创作之间是有着有机的联系的，与传统的继承更是不能分割。五十年代初，戏剧工作者抱着很高的热情与勇气从事这一项崭新又是艰难的事业。过去没有经验，一切都要在实践中摸索、总结、提高。当时的工作是有生气的，探讨争论也是热烈的。惭愧的是，自己努力不够，成绩不多，失误不免。一经碰到一面“唯成分论”的盾牌，就转向了古剧的搜寻。成绩更是单薄，只介绍重印了一册祁氏《远山堂明曲品剧品》。那一篇后记因为并不专在探讨曲品本身，更多地注意了祁家的故事与抗清活动的史实，所以现在也不收在这本书里。

自从三十多年前开始发表谈戏的文字以来，挨骂、挨批评就一直是常事，最厉害的是不用语言而付诸实际行动的对手。但这是另一类问题，没有必要在这里讨论。最有意思的一役出现在日报上发表了我的《一捧雪》并说明了“我最讨厌莫成”之后，抗议书收到了一大捆，其中有一位老先生写来的红格八行书最为有趣，这文件我一直保存着，可惜后来失落了。我明白，自己的“激进”思想惹翻了许多人，他们都是崇奉“义仆”的。另外的商榷还所在多有，但应该说明，热情的支持者则更多，读者的热情不能不使我感动，这是当时这个专栏得以写下去的最大动力。

引起类似的“义愤”的还有关于关云长的事情。“桃园结义”的故事，过去一直在社会上传为美谈，势力大得很。有一家北京糕点店，在店堂正中就挂着一幅关羽的大画像。我每次去买点心，看见这画像总觉得奇怪，不知道关云长与糕点业有什么渊源。旧时唐明皇被尊奉为戏曲演员的祖师，倒还说得过去，因为李三郎妙于音律，特辟梨园，并能赏识李龟年这样的戏曲音乐家。但关公除了使用一柄青龙偃月刀以外，却不听说还做得好点心。后来总算明白了，这是店主人对他佩服的原故。各地好像都有一座关帝庙，声势几乎可与孔夫子的庙比美，可见其影响之深而且巨。对这样的大人物说了不敬的话，难怪会引来抗议。关岳并称“武圣”，但比较起来，声势却相去极远，这是很不公平的事。“桃园结义”核心的江湖义气，今天恐怕也没有加以推崇并加上人民性桂冠的必要了。我一直不喜欢看关羽戏，是觉得在台上出现的不是活生生的人，而是一位举止乖张的神道。譬如他一上马，马童就得前前后后翻数不清的筋斗，看得使人吃力，心想伺候这位关二爷可实在不容易。关羽看见两位皇嫂的态度也做作得很，看了不舒服，倒不是因为嫌他思想太不解放……总之，我的讨厌关羽，几乎是出于直觉的。最根本的理由恐怕还是爱看有血有肉的活人而不想领教一位活动的神道，就是“天神”也不例外，前人说“各尊所闻”，这话也并不一定怎样妥当，但它从某一侧面说出了“百花齐放百家争鸣”的气氛，倒是可取的。红生戏也是旧戏中一支重要的流派，也有很多人喜欢。应该尊重这个事实，不过不同意见也还是不妨说一说。

武松与关羽在某一点上是可以进行比较研究的，那就是他们两人都看得极重的“义”。我对武松的印象也不怎么好，觉得在水浒英雄中间，比起鲁智深、林冲、三阮来他是差得远了。盖叫天先生有“江都活武松”之誉，可是和盖老谈天时，提起武松，我往往不赞一词。我觉得，在《水浒》中，武松是被写成了一个头脑十分单纯的人物的，他的许多行为的动力往往就是那被许多人极为看重的“义”。武松打蒋门神，打这个恶霸、土豪，自然是不错的。但武松之所以去打蒋门神，却完全是为了替施恩出气。施恩是小管营，一个牢城头子的儿子。他的开设快活林酒店，也并非经营一家便利过往旅客的非营利服务性行业，这也是很明白的，他也有他的“背景”。他的所以失败，并不全因蒋门神武艺比他高强，只是由于后者有比他的老子官高权重的人物撑腰。因此不论中间出现了怎样的反复，归根结底施恩还是命定地要以失败告终。这一点《水浒》写得非常深刻，但在描写武松打快活林前后的大量笔墨中，却全从“感恩知己”的“江湖义气”出发，因此就不能不使武松行动的正义性大大削弱。以上是我从小读《水浒》就形成的“宿见”，也许依旧沾染了“唯成分论”的残余也说不定。

几十年来写了这样一大堆说戏的文字，其中出现的缺点错误是很不少的，得到批评指正应该高兴。有些问题，虽然没有经人指出，自己也理应有清醒的认识。1950 年下半年，我曾在报纸上写过几个月不署名的短评《文娱杂谈》，后来还辑印成一本小册子。中间有不少谈论舞台艺术的文字，这里就一篇都没有收。例如其中有一篇的题目是《不许有空白》，评论的是一次全市性配合当前任务的宣传周演出，要求的是全市戏曲界一律上演同样题材的作品，提出的口号是：“不许留下一小块空白！”

曾经发过这样的议论理应引起深刻的愧悔。即使没有人提出来追究责任，自己也不应该心安理得地保持沉默。

此外，如有关历史剧的问题，我说过，唯一的原则应该是“以历史还历史”。这也是模糊而片面的看法，是力求达到“无一字无来历”境界的一种违反艺术创作规律的幻想。

谈到旧戏，常常会遇到民族战争的问题。今天史学界热烈讨论中提出的某些新鲜重要意见是应该引起注意并深入思考的。不过兹事体大，一时还来不及考虑成熟进行修改。聊存旧文，不过是留下思想发展过程中一些痕迹而已。

在这些文字中，虽然有时也涉及一些艺术分析，但完全不足以称为戏剧评论；偶尔也引用过一些史传，当然也决不因此就成为严肃的历史论文。如《旧戏新谈》以下两三部分中的有些短文，写作的出发点往往在于抨击当前的时弊。如对当时某些依违于进步与倒退之间的知识分子，我曾有过意见，有时笔下就出现了严刻的评论，今天看来是不尽妥当的。但有些读者不清楚作者当时的作意，引经据典，提出了历史人物评价的商榷，或小说研究上的问题，这是使我感到惶恐的。因为文章是对某些社会现象而发，却非研究具体的历史事件、人物，或某种古典文学作品。当然，没有能清楚地表现主题，控制文字的能力低下，这许多也只能由作者负责。

在旧戏这个范畴里，断断续续摸索了三十年（实计不过十年左右），虽然接触过一些方面的某些问题，但没有值得高兴的成绩，多的却是失误的教训。正如一只关在玻璃房子里的昆虫，为百花园中的万紫千红所吸引，频频撞击，终于未能突破，想想也有些可笑。但对春光的向往却没有变，三十年前如此，今天也依旧如此。

最后，让我对君武同志给予这本小书的出色打扮表示衷心的感谢。

黄裳

一九八二年十月十八日

跋

我的有时写一点有关戏剧的文字，是始于一九四六年的冬天。从《旧戏新谈》的序跋里，可以约略看出当时动手写作的缘起和经过。这些并非正宗的论文，只不过是一些随感，也就是通常所说的杂文。解放了，因为工作关系，还是随时注意着戏曲方面的动态，偶然记下一些零碎的感想。同时，又颇想跳出过去的蹊径，较为认真地试做一点研究，并开始学习运用新的观点来观察旧的文化现象。这就是下面的另外两本薄薄的集子，看来依旧是一些浅薄、幼稚、不成气候的东西。使我终于觉悟了自己不是剧评家的材料，大约是在1955年前后，我的关于水浒戏的几篇文章被几位剧评家指定为“唯成分论”标本的时候。这以后，我就基本上停止继续写这一类文字了。不久，就是彻底地“休息”。如是者凡二十二年。

承出版社的好意，给我一个结集的机会，在我，是非常感谢的。如果说重印旧作还有什么意义，我想主要的一点是它保存了一些过去了的历史痕迹。人们大致都有这样的经验，偶然从什么角落里发现了一张陈年的旧报，打开一看，那里记载的“新闻”、发表的文字，以至一幅图片、一个标题、一则广告，都是很有趣的历史材料了。它会将你带回往昔，重温旧梦，并如看旧影片一样重睹当时的社会面貌，听到时人的各种议论。这就不只是怀旧，还可以用来和今天加以对比，从而看出我们曾经走过了怎样一条道路。这一切都将是有趣也是有益的。

司马迁的《史记》是史学也是文学名作，杜甫的诗篇被公认为“史诗”，但这并不能取代更为众多的历史遗存与短书小册。作为旧文献它们的价值有高低大小之分，但都同样有存在价值。这大约并非一种个人的私见。也正是出于这样的认识，我冒昧地编成了这样一本集子。也正是出于同样的认识，在重编时只做了极少技术上的改动，而基本保持了原貌。

例如几篇论水浒戏的旧作，过去曾被指摘为“唯成分论”的标本，就尤其应该保持原状，不能赖账。自然由于疏懒，不想遵照评论家的指点加以改作，也是一个原因。

无论是老中医或新派医生，在给病员诊病时，都要开一张“脉案”。一开始记录的大抵是姓名、性别、年龄、籍贯之类。如果医生问清写下了这几条，不及其他，紧接下去就开处方，那自然是昏虫；但如下面还写着并非潦草的“望闻问切”的记录，那么我们就不能责怪前面的几条“例行项目”的登记为多余。因为不问男女、不顾年龄就进行断然的处方，那就将是一名更为可恶的昏虫。

我想我曾对水浒英雄的出身成分做过一些整理，接下去在这基础上又进行了分析的情形，也差不多就是如此。当然我绝非什么“名医”，也许倒正是一名“庸医”，不过开脉案时倒还是遵照了通常的医疗程序的。称之为“唯”，怕并不稳妥。曾经剪存下来的几篇剧评家的论文，几经动乱也都先后失落了，再找起来也困难，所以只能在这里简单地说一下。

两三年以前吧，我又开始陆续写一点谈戏的小文了，那是许多好心朋友督促的结果。他们好像还都保留着一种旧有的误解，以为我是什么“剧评家”，虽经解释说明，终于并无大效。但到此时我也才愈益明白了我确非什么“剧评家”，只是一个普通的写点什么文字的作者，一名普通的观众。不应该勉强去做自己力不能及的事情，这是应该遵守的实事求是的态度。把这许多体裁风格并不一致的篇章放在一起而称之为“杂文”，那用意也在此。文集中的一切谬误、缺失，都期待着读者的判别、指正。是为跋。

黄裳

一九八二年一月八日

彩色的花雨

《彩色的花雨》，京剧故事集，1988 年 6 月上海三联书店初版。高马得插图。

据初版本编入。

序

以京剧为代表的中国戏曲艺术具有强烈的民族风格与特征，它是整个伟大的中国艺术传统中一个重要组成部分。

中国传统的戏曲艺术是歌、舞并重的综合舞台艺术。它以唱、做、念、打为主，辅之以“圆场”为代表的舞台调度手法和独特的服装、道具、切末、脸谱、锣鼓、丝竹伴奏等艺术手段，经过近千年戏曲艺人的辛勤创造、积累，从广泛的生活、艺术领域中汲取营养，形成了一种具有非凡表现现实生活能力的惊人的艺术力量，至今仍为广大群众所喜爱。

不妨以艺术大师齐白石的作品做些比较。齐白石是“大写意”派的代表，他笔下的花草、山水，无不以简练而浑成的笔法写出。但在用写意方法勾勒出的花瓣叶片中间，往往栖息着蜻蜓、蟋蟀、纺织娘……这样细小的昆虫，这是用工笔画出的，笔法之细致，往往使观者可以看到那透明翅翼中间纤细的纹路。无论是粗笔或细笔，画家给观众提供的是同样生动的，洋溢着生之活力的形象，而两者又是统一的。

在中国传统的戏曲舞台上，我们几乎可以看到同样或类似的情形。戏曲艺术家仿佛是一位非常精明的鉴赏家，他在五光十色、无比丰富的生活中，能发现哪些是重要的就抓住不放，哪些是次要的可以略去。从这样的原则出发所形成的一系列表现方法与手段，与中国传统绘画的“文人画”流派的萌芽、发展、繁荣几乎是同步的。这是一个非常有趣也值得注意的现象。

中国戏曲舞台上“上下场”“圆场”的一系列舞台调度方法，是一种非常经济、简洁、聪明的方法。它摆脱了空间与时间的束缚，使演员获得了极大的自由。人物在马背上奔驰，在道路上蹭行，穿过深宅曲院，进入密室绣房，这些难以在通常话剧舞台上再现的困难课题，在这里几乎都不成为问题。但是有宣泄、刻画人物内心，展现人物之间尖锐、激剧斗争的机会，就决不放过，必以狮子搏兔的全力，调动一切手段，加以再现。演出所使用的手段，比姊妹艺术丰富。面部的表情、衣衫的转折、抛掷、繁复身段的运用、歌声的变幻、念白的抑扬……无一不被用来作为揭露人物内心的武器。大胆的省略与精微的刻画在构思细密的节奏中，成为一种高度和谐的统一体。观众得到的是同时呈现的“视听之娱”，一切都在同一时间、地点完成。

艺术家的表演，有时夸张便夸张到极处，细致也细致到极处。导演设计有时竟会使人联想到现代艺术形式——电影的手法，近景、特写的使用是如此的频繁与自如，使观众不能不惊异。中国戏曲表演艺术家所获得的是远远超过一切姊妹艺术的可羡慕的“自由”，但这“自由”又是受着自己的制约的，一步不能脱离生活，也不能离开本身的“程式”。

程式是死的又是活的，程式是艺术家创造、积累起来的，也是在扬弃提炼的过程中固定下来的。发展不会停止，程式的变化、丰富过程也永远不会停止。

中国古典戏曲表现的多半是历史题材或传说、神话故事，但并不因此而使其艺术魅力有所削弱。这首先是因为，现实主义的生命力是强盛的，创作者借用了古代的衣冠，但处理题材、刻画人物的依据却是当前的现实。今天舞台上保留下来的许多传统戏，在其创作的当时，正是那时的现代剧。因为现实针对性强与艺术上的成功，被保留下来了，直到今天。今天戏曲舞台上通行的服饰，正是明代（约当十四至十七世纪）的衣冠，这是因为戏曲在这一时期得到了飞跃的发展，而当时也正是现代剧产生得最多的时期。

中国古典戏曲总是以完整的、有头有尾的故事出现的。由于演出习惯的变更与观众欣赏的集中，人们往往更加重视整出戏中尤为精彩的许多段落。人们希望在一次演出的组合中能看到题材、风格、表演各不相同的许多单折戏。这样做更易于满足观众中间不同的要求，并使演出更丰富而精炼，异彩纷呈。

作者儿童时代开始走进剧场，常常是睁大了眼睛站在舞台边上欣赏。从不懂到懂，从惊奇到赞叹，从看武戏到听唱工，经历了许多变化，但最初的印象总是不易忘记的。

这里写出的一些故事片断，在很大程度上都还保留了那些洗磨不掉、最早但也最能打动幼稚孩子的心的东西。虽幼稚但朴实，天真但恳挚，有爱憎但毫无装点，也许能使初步接触这一伟大奇瑰现实主义艺术的朋友们觉得亲切而不感到是一种唐突。

捉放曹

曹操纵马在官道上跑，一只兔子猛地从马蹄前横穿而过，钻进荒草堆里去了。曹操一紧缰绳，收住马，嘴里骂了声“鬼东西!”停下来歇气。豫北平原冬天的傍晚，满眼黄土坡地上长着野草，几乎没有树木，只远远有一小片疏林，一轮落日挂在林梢，苍白、毫无血色，就像一个浮肿病人的脸盘。曹操在马上四望，看不见一个活物，他嘘了一口气，又望见骑在马上跟上来的陈宫拼命抽着鞭子，却依然跑不快。摇摇的一个蓝色小点向前蠕动着，越来变得越大。叹了口气，带着这么一位书呆子逃亡，可真是个累赘。曹操脸上两道长侵入鬓的剑眉慢慢拧紧，在眉心结成了一团。覆满风尘的脸没有一点血色，只在颧骨周围漾出两圈微红。微带棱角的双眼，倒依旧烁烁有光，机警、闪烁、坚定、凌厉。

曹操想，等自己手里有了队伍，能放手干一番事业时，陈公台（宫）该是一位出色的军师、幕府人才。他骑不来马，就给他弄一顶轿子，可是眼前两个亡命的光杆，绑在了一起，两人三条腿……曹操从心里感激陈宫、尊敬陈宫。他在中牟县落了网，三言两语竟自说服了这位县太爷，不但放了他，还跟着一起逃亡。天底下哪里去找这样的好人、义士、傻瓜！他几次压下了扔下他独自逃生的念头，觉得这真是一种羞耻！这时，曹操就大声地向地上吐一口唾沫。

陈宫好容易赶上来了，张着嘴吐气，两手紧紧地拉住缰绳，睁大了眼睛望着曹操。他们并辔而行了。

“前边树林后面，也许是一座庄院。”陈宫说。他们从昨夜离开中牟县，一口气跑了整整一天，陈宫实在拖不下去了，但不敢直截了当地提出停下来歇息，只是望着曹操。

“歇息倒是该歇息了，马也跑不动了，只是不知道庄院里住着什么人，是什么路数……”

陈宫不答。他们依旧缓缓地往前走，两匹马不停地把头伸到路边的草窠里，马饿了。

岔路上露出了一个人影。曹操警觉，在马背上伸长了身躯，看清这不过是一个庄户老汉时，才又安下心来坐稳。不料那老汉停下来看了一会儿大声喊起来：

“孟德，马上可不是孟德吗？”

曹操吃了一惊，脸上变颜变色，示意陈宫催马快走。

“老汉姓吕，昨天晚上令尊还在庄上留宿了一宵，今晨匆匆赶路去了，却不料你这时赶来。”

陈宫老大不愿意，在这种时候碰上一个相识的熟人，可不是好事。但扭不过曹操，还是被老汉让进庄去了。

曹操和陈宫在草堂上对坐。

主人真是好客，强按着他们坐了，吩咐家下人准备酒饭，自己抱着一个蓝地白花酒樽到前村去沽酒。陈宫心细，悄声地问曹操这老汉的来路，曹操哈哈笑道：

“不妨事，吕伯奢是我父的八拜之交，两家一直来往不断的。在这里就和自己家里一样。”曹操说着叹了口气，“只是家父逃离家园，不知道投奔何处去了。”

两人不说话。他们都想，吕伯奢上了年纪，走起来慢吞吞的，前村总得有三五里吧。曹操抬头望望天色，一个小僮笑嘻嘻地端了一盏灯进来放在桌上，望着曹操只是笑，笑得他心烦。他用手扶了一下头上蓝色宽边的风帽，两眼侧边的鱼尾纹显得更深了。

厨房里的人喊小僮的名字，他听了扭转身跑去，露出腰里拖着两根长长的粗麻绳，飘飘的。曹操看了不响。

赶了半夜一天的路，最好是有张铺倒头就睡。可是不行，只能坐着，你看我，我看你。

曹操想赶去瞌睡，只好起来踱步，踱到窗口，看院子里的景致。小小的院子里还养着花，旁边是一大间厨房，通后院，从那里传来猪吃食的哼声，想是厕所，看了半日又回来坐下。

睡意没有了。曹操竖起了耳朵，眼睛看着陈宫。

“听，这是什么？”

“磨刀。”

是磨刀，陈宫说得不错。磨刀干什么？曹操忽然想。问题是简单的，但可以有种种不同回答。在曹操的头脑里一下子忽地触发了一连串疑问，像花筒放到一半出现了海市蜃楼的灯彩似的，一个连着一个。曹操不由得摸了一下解下放在桌上的刀。那个小僮为什么冲着我笑？他屁股后面吊着的麻绳是做什么的？这个老头子为什么不派小僮去沽酒，偏要自己去？难道小僮连酒都打不来么？当然，有些事小孩子说不清楚，但不是打酒这样的小事。

曹操觉得自己的头发都竖起来了，鼻窝两边的纹路翕翕地动。

“你想干什么？”陈宫失声地问，他看见曹操从鞘里抽出了刀。

“我看看去！”

陈宫说不出话，眼睁睁看着他轻手轻脚一阵风似的掩门出去。

过了一会儿曹操回来时，眼睛都红了，却又嘻嘻地笑。

“我杀、杀了他们的人。他们家再没有人了，都杀光了。从厨房杀到后院、上房，见一个杀一个，杀到猪圈，才看见他们已经用麻绳把猪绑在架子上……”曹操嘻嘻地笑，好像连陈宫也不认识了。

陈宫一句话也说不出来。陈宫两天前才认识曹操，立即为他的亢爽的风度、豪迈的言语打动了。这是一位少年英雄，有非凡的抱负和胆略，这才决心把自己后半世的命运交付给他，弃了官一起亡命。他不知道曹操是个宁愿错到底也不回头的人。

曹操好像换了一个人，陈宫想。在中牟县大堂上称自己为“府君”，路上当他是朋友，目前就像奴仆似的呼来喝去了。曹操显得越发镇静了，声音低而坚定，他不管陈宫的抗议，只命令说："收拾收拾，把马拉出来，到厨房里拉些稻草放在院子四角，找火种来……"

当他们跨上马背，离开庄院时，火势已经沸沸扬扬的了，西北风大，顷刻一片通红。

他们在前面路口又遇上了该死的沽酒回来的吕伯奢。还未等他清醒过来，曹操只一刀，他就倒在路旁。

"还是让他一起去了痛快！"曹操向瞪大了眼睛说不出话的陈宫平静地说，"他回去看了他的家，会发疯，会到亭长那里去报告的，这条老狗！"曹操清了一下嗓子，"老子还有大事业要干，不能心软误了大事，错就错到底！账要等将来一总算。懂吗？"说罢，曹操在马屁股上甩了一鞭，向前驰去了。

他们来到了一家旅店。

曹操没事人似的吩咐店家给马上足草料，要了五斤酒、两盆肉，就大吃起来。陈宫只在一边看。曹操没有话，他知道陈宫想说些什么，觉得都没有回答的必要，因为一切都早对他解释清楚了。吃完了肉，酒还剩下一半。曹操解下腰刀，脱下上衣卷成一卷，枕着，立即倒在炕上睡着了。

第二天天亮，麻雀在窗前檐下吵成了一片。曹操醒来，睁开眼睛望着房顶的梁架，出了半日神。他侧过头去看土炕里侧，看桌边，眼睛在屋里四下搜寻，什么都不见。一个鲤鱼打挺，曹操翻下炕来。曹操看见桌上放着一封信，用刀压着，刀是从他的衣服卷里抽出来的。

曹操打开信，慢慢地读了，脸上漾出了恶意的笑。“没用的东西！”曹操喊，被自己的声音吓了一跳。

长坂坡

曹操选了个小山坡纵马上去，身后跟着一大批随从。

曹操从容地在山坡上走了一转。眼前一片桑林，更前面就是一大片开阔地，左面是一条浅浅的小河，河背后又是一座小山。他觉得这地方选得很好，很隐蔽。从下面望上来只能看见那片桑林。可是从坡上下望，战场上的动静却能看得清清楚楚。

曹操脸上漾着微笑。这笑是难得的，轻易不会在他脸上出现。这说明，他目前的心境是平静的、愉快的，他尽力控制着不笑出声来，可是到底还是漾出了微笑。自从战斗打响以后，一切似乎都按着他事先的安排发展，刘备的小股兵力看来是必然地要消灭了。现在他只担心刘备逃得快，跑到远远的什么小地方躲起来，那就将依旧是一个隐患。可是出乎意料，刘备撤退得很慢，据情报说是给一大批难民拖住了。奇怪，他为什么不夹着尾巴快快溜掉呢？曹操想不出这理由。

眼前正是一片理想的战场。曹操打算把全部兵力都投放进去，进行一场彻底的歼灭战。身边的将军都派出去了，连负责保管他心爱的青虹宝剑的夏侯恩也不例外，只留下一个曹洪，随时向他汇报战场局势，并传布他的指示：此外就只有文职参谋人员，这中间有一直不声不响保持着沉默的徐庶。

曹操很懂得人才的重要，在多年的政治军事斗争中逐步领悟了这是使自己的事业得以成功必不可少的重要条件，同时也积累了许多经验了。他需要武将也需要谋士，懂得和不同对手打交道时需要使用不同的方法。今天他特地把徐庶放在身边，亲热地说这说那，就是想让徐庶在战场上亲眼看到刘备的队伍的惨败与覆灭。也许在事实的教育下这个和刘备关系密切、一直闷声不响的谋士会有所转变……

“元直先生，这真是一片好战场。弄得好，天黑以前战斗就能结束了。”曹操眯起了眼，像是自言自语地打量着山角。

徐庶嘴角似乎也动了一下，却听不见声音，也许那回答恰好被一阵紧密的鼓声与鼓噪压下了。

这鼓声，还有伴随而来的喊杀声使曹操耸起了耳朵。声音是从山角那面传来的，奇怪的是这并非两军厮杀中的混乱喊声，听来全是从自己部队中发出的，由远而近，像一阵阵潮水似的传来。紧跟着，一匹白马上的一片白色影子从山角出现了，夹杂着一股闪闪的耀眼银光，那是马上将军手中挥舞的宝剑带来的。

也许这敌将是被有意地诱引过来的吧。把对手引到眼前的旷地中，再加以包围、歼灭。曹操微微地颔首。紧跟着白马后面果然出现了骑着黑马穿着黑色战袍的许褚和张郃，他们跟在白马后面，紧紧地咬着。白马突然在小河前停下，马头被掉转过来。张郃也吃惊地煞住了马。他们在马上彼此打量了一下，真的只是一刹那，只见白光起处，张郃用枪挡了一下，那白马又从山角处飞驰而去了。

曹操不高兴地哼了一下鼻子，因为眼前出现的局面和他的预计不相符。怎能让一员敌将如此自由地进出于自己的队伍中呢？张郃、许褚的惊慌失措、无力阻止更使他不舒服。这一切都是不能容忍的。他微侧了头，随侍在身边的曹洪立即小心地凑了过来。

“去看看这都是怎么一回事？”

徐庶是认出了那马上的白色影子的，可是也弄不清他为什么突然出现在大军密集的曹军核心地区，而且只一瞬就又不见了。

“那就是常山的赵子龙，赵四将军。一员虎将。”徐庶说。

不必说曹操与徐庶，就是刘备阵营中人也不能理解赵云这种近于儿戏的无意识的冒险行径。刘备集团被曹军冲得七零八落以后分头逃散了，连刘备的两位夫人在内；这时只有赵云还在身边。他接受了一个艰难的任务，去寻找和护送失散了的两位主母和在襁褓中的王位继承人——阿斗出险。这就是赵云拨转马头重新杀进曹营的真实原因，连张飞看了也莫明奇妙，他想赵云不是发了疯就是投降曹操去了。

赵云也真的好像发了疯。一匹白马，一条银枪，杀进了黑压压一片的曹营。他冲过了山角，看见面前是一片宽广的平地，不像有被冲散的自己人队伍，就立即拨转马头走出去，实在无心与张郃他们交手。

被曹洪带了来向曹操汇报的张郃也说不出更有说服力的判断，只是恨恨地赌咒：“让我再把他引过来，让埋伏在桑林里的箭手把他射成一只刺猬，这个该死的！”张郃斜着眼看着曹操身边的徐庶。

曹操铁青着脸不说话。张郃胯下的战马焦躁不安地移换着前蹄。徐庶轻轻地像是只想使自己听见似的说：“这可是一员难得的战将啊！”

这时，骑着白马的将军的身影又从山角处出现了。这次赵云是想杀出重围，记起这里曾有过一片开阔地，突围也许容易些，这才重寻旧路摸了回来。他这时已经完成了使命，他无意中在一处居民墙角找到了身受重伤的糜夫人，并从她手中接过了阿斗，解开战袍，揣在怀里。就在这时，糜夫人跳进了身边的一口枯井。赵云有点吃惊，也有点伤感，可是他的心是平静的。他明白自己已经在极端的困难中完成了使命。他明白，一个女人和她的独子的价值应该怎样衡量，对女人来说，重要的是保住自己的贞操，特别是眼前的乱军之中。她既已平安地睡在井里，就再也没有什么可担心了。而阿斗的价值则大不同，在这个小子身上寄托着姓刘的血统、皇位的正统……而这一切的价值，简直是难以估量的。

在山坡上的曹操一群人眼中，赵云也不再是那个旧赵云，他更勇敢、威武，更无顾忌地杀过来了。紧紧围绕他身边的是一团逼眼的寒光，远远也能听见铁器撞击的响声，不只是人体，就是刀剑也阻挡不住他面前的路。在这位将军面前真的铺开了一条血路。

站在山坡上的曹操脸上结起的严霜渐渐融化了。只有他辨得出，赵云手里拿着的正是他心爱的青虹剑，这是“削铁如泥”的名剑。他明白这剑是怎样到了赵云手里的。剑是宝贵的，但更要紧的是使用宝剑的人。在饭桶手里，名剑也没有什么用处，甚至保不住自己的脑袋。在曹操心底，强烈地萌发了奇特的贪欲，抑制不住。他看了一下身边，看看张郃，又看看阻挡不住赵云纷纷倒下来的将军、兵士。他一个字一个字地向曹洪口授了军令：

“赵云所到之处，不许暗放冷箭。只要活赵云，不要死子龙。违令者斩!”

赵云觉得奇怪，只顾杀得快意，却不遇见一弓一矢。张郃也觉得奇怪，丞相何以要花这样沉重的代价活捉一个赵云。他不懂得，曹操对一只刺猬实在并无兴趣。

丞相的将令下达以后，只见一批批队伍向赵云身边包围过去，没有人敢放箭，连交手时都小心着。最好是他自己跌下马来，捉住，缚起。可是无效，赵云还是笔直地一路杀过去了。

赵云杀得性起，一路杀到小河边。遥遥望见远处疏林中露出了张飞部队的黑旗，望见张飞命令兵士在马尾缚了树枝来回奔跑引起的阵阵尘雾。赵云摆脱了连续不断涌上来的敌兵，向斜刺里驰去，又突然折回，在上游一座桥头终于发现了横枪立马的张飞。

赵云终于在二里外的另一座树林深处找到了刘备他们一伙，正垂头丧气地坐在地上休息。赵云高兴了，但刘备却淡淡地说：

“你一个人回来了。”

赵云这时才忽地记起了藏在怀中的阿斗，背过身去，轻轻解开了铠甲、内衣。阿斗正睡得香甜，胖胖的小脸偎依着赵云汗透了的前胸。

赵云抱了阿斗，猛地转身，双手捧上去，没有话，满脸惊喜的笑。刘备简直呆住了，好半日，不知说什么才好。

龙凤呈祥

刘皇叔坐在长江船上，心里只是闷闷的，也无心细看两岸风景。这些时他是很有点埋怨起诸葛亮来了。自从三顾茅庐，把这位“卧龙先生”请出了山，许久以来，仗着他的出谋划策，使自己身边的一支小小队伍冲过了重重险阻，逐步坚实壮大起来。事实证明他确是一位信得过的参谋策划人才，只是不免有些自作主张，遇事也不大和自己商议。就像这回，一口应允了孙吴的亲事，让自己轻车简从过江招赘，就全是诸葛亮一手包揽说定的。尽管自己多么不情愿，到底还是被他送上船，出发了。这一去是吉是凶，心里简直一些都没有底，临别时诸葛只是笑着说：“不要紧，只管前去，一切都包在亮的身上。”可是他的葫芦里到底卖的什么药，却只有天知道。刘备这时觉得自己已经不再是什么皇叔、国主，却成了诸葛手中玩弄的一只筹码……这样想着时就越发不舒服起来。

刘备回头看看，全副武装的四弟赵云正警惕地站在自己身旁，心里总算多少添了一些安全感。这是一位忠心耿耿、勇敢的将军，就是在千军万马之中，也能自由进出，如入无人之境的。不过，这次深入一个不可知的充满了敌意的国度，即使是赵子龙，万一碰上麻烦，也能保着自己杀出重围么？

刘备忽地想起，临行之前，诸葛曾神秘地和赵云在一起谈了好一会儿子话，也许他心里有底也说不定，可又不便低声下气地打听，只好装作镇定，冷冷地说：

“四弟，这回来到东吴招亲，非比寻常，遇事可要多加小心。

“主公不必担忧，先生临行时已给了赵云三道锦囊妙计了。”

刘备从赵云的口气中听出了诸葛在将士中间的威信。他从赵云手中接过藏在贴身里衣中的锦囊时，心里不禁在想，也许自己不该对这位军师先生产生任何疑虑。

锦囊打开以后，里面藏着一张写了玄妙诗句的纸片，有点像神签，刘备不禁又微微皱起了双眉。好在下面还有两句比较着实的话，“君臣来到东吴地，须到相府谒乔玄”。这时，刘备脸上又漾出了淡淡的微笑。

乔玄，这倒是一个关键性的人物，是一个可以也应该打开的缺口。吴国的当权者，国主孙权和都督周瑜，还有下面的将佐、士卒，好像都对占了荆州不还的自己充满了敌意与义愤，只有这个乔玄，看来似乎还像一个中间派。

赵云是不知道乔玄的底细的，刘备简单地说给他听了。

“乔玄有两个女儿，大乔、小乔，都是东吴有名的美人。大乔嫁给已经过世的孙权的哥哥孙策，小乔是周郎的夫人。所以乔国老是东吴的国丈啊！”接下去刘备吩咐赵云：

“等会下了船，安置好了，你就准备下一份厚礼，明天一早我们就去拜访。”

奉派前来迎接刘皇叔的是一文一武：吕范与贾华，他们都是孙吴国主孙权的贴身人。他们接刘备上了岸，放下了一颗心——鳌鱼到底上钩了。

乔玄，是吴国的太尉，政府的首脑。他是老一辈的重臣，和创业的孙坚、孙策父子关系密切，因为是姻亲，在当今的吴侯孙权母亲——国太面前，也是很有影响的人物。不过在孙权、周瑜等少壮当权派看来，则是老朽昏庸，已经成为前进道路上的绊脚石了。譬如孙权与周瑜定计，用许婚的方法把刘备骗来作为索回荆州的人质，事先就没有让乔玄知道。在战略上，乔玄，还有大夫鲁肃都是主张联刘拒曹的稳健派，这一直使孙权、周瑜很不满。碍手碍脚，影响他们不能放手执行自己的政策。只是因为他是老资格，一时也无可奈何。

乔玄今天朝罢归来，一路上看见悬灯结彩，街上行人也都显出非凡高兴的神色；自己府中，也有些异样，家里人都在交头接耳地议论着什么。心里纳闷，把老家人乔福叫来一问，才听说了那个通国皆知惟独自己被蒙在鼓里的大新闻。这是不能不使他生气的。正在这时，门上通报，刘皇叔前来拜会。

刘备带领赵云来到乔府进行了一次短暂的礼仪性的拜访，留下了一份厚礼。乔玄送走了刘备，心里盘算，应该立即进宫给国太道喜，顺便探一下口风。这样一桩非比寻常的政治婚姻，自己竟完全不得与闻，实在可气。至于孙、刘两家结成婚媾的本身，在他看来倒是一件大好事。对抗曹操的联合阵线，这样一来就将更加牢靠，只是孙权、周瑜他们未必肯。这中间难道真的有什么花样么?

使乔玄吃惊的是，被蒙在鼓里的不只是他这个太尉，就连孙权和郡主尚香的母亲也丝毫没有听到任何消息。乔玄知道自己的机会来了。“这样大事，太后不知，谁敢做主?”问得好。

“是啊，这是哪个的主意呀?”

“莫非是二千岁的主意?”乔玄的话说得顺理成章，听不出这中间带着某种意气。

于是吴侯、二千岁孙权被召进官来了。

孙权是个魁梧壮实的汉子，紫棠色的面颊下端长着密麻麻的一把漂亮发红的胡子，因此老百姓背后都叫他“紫髯儿”，这是带有某种亲昵意味的。他继承了父兄的余荫，团结了一批年轻将领，是个很有些雄心壮志的地方割据者，但对母亲却是恭顺畏惧的。他明白，站在母亲后面的有一群像乔玄那样的老家伙，不能不认真对待。

孙权在母亲身边坐了，觑见乔玄先已进宫，心里更是老大不舒服。国太劈头就问：“孙、刘二家结亲，可是儿的主意?”孙权一下子手足无措了，白了乔玄一眼，吞吞吐吐地回答：“这……儿臣不知。”“嗯!”吴国太拉下了脸，孙权这时再也沉不住气，只好如实交代。

吴国太对孙权、周瑜共同策划的计谋发了大怒：“那刘备既然久借荆州不还，儿就该发兵遣将，与他争斗，夺回荆州。怎么，你将胞妹做成美人之计，纵然得了荆州，岂不被天下耻笑!”

乔玄这时也站出来帮腔。孙权就顺手指出他的女婿其实倒正是主谋，堵他的嘴。

“怎么，又是那周郎！他这明明是要害你呀!”

“多口!”对乔玄，孙权就是这样的不客气，不过对母亲的斥责却只能装出服服帖帖的样子，但背地里早已下定了决心：一定要杀掉刘备，这是不能让步的。

国太的发怒只是因为心爱的郡主竟被当作美人计的钓饵，大大伤害了自己的尊严。至于杀不杀刘备，那倒无关轻重。乔玄也看出了这一点，要紧的是，不能放弃机会，必须使国太对刘皇叔和他所代表的地方势力留下一个完整、美好的印象。

在孙权看来，乔玄这个糟老头儿恰似一个小丑、弄臣，在国太面前，竟用一个评话艺人的架势、声口无耻地演说刘皇叔发光的家史和灿烂的战斗历程。他历数了刘备的先世是汉室中山靖王一派，使青龙刀的二弟关羽和用丈八矛的三弟张飞都是怎样英勇得了不得，四弟赵云在长坂坡前的战绩，和运筹帷幄的天才军师诸葛孔明。这些话孙权是不要听的，但国太却有兴趣，像听书似的为之神往了。不管孙权使过多少次眼色，表示了怎样的不耐，老头儿还是兴致勃勃地说下去，说下去。

乔玄的结论是，这门亲事应该结的，是非结不可的。

孙权终于发作了：“不管怎么说刘备都配不上我的妹子!”

“配得的！”乔玄不肯让步。

吴国太制止了这场争论，决定第二天在甘露寺亲自面相刘备，再做定夺。

“国太若是相中了呢？”乔玄忙着追问。

“招他做女婿。”

“母后若是相不上呢？”孙权紧接着问。

“那就由你处置。下去吧！”

孙权看来好像颇有把握，满意地匆匆走了。刘备的命运就要在明天决定，国太选婿的标准是什么，乔玄不能不加以考虑。

只有半天一夜的时间了，许多人都要为决定刘备，同时也是吴国的命运、前途抓紧做许多工作。

“刘备满脸花白胡子，哪里像个新郎？但愿母后看不中就好。”孙权越想越不舒服，“可是一旁插进个乔太尉却是讨厌的。天知道这老头子会说出什么‘坏话’来。”当时天下群雄并起，各据一方，汉家天子只是曹操手中的一块招牌。尽管如此，姓刘的到底还有些未曾熄尽的余炎，在全国，在江东，还有着不小的威望。论出身，论门第，他们孙家哪里数得上。难保国太就不会产生招进一位阔女婿的兴趣。这都是值得警惕的。

出于同样的理由，乔玄担心的并不是刘皇叔的家世根基。只愁他那一脸胡子，配作郡主的新婿么？能通得过未来岳母的眼睛么？

孙权把吕范唤进宫来，商量对策。最后决定在甘露寺中，埋伏下一批刀手，由大将贾华统率，觑准时机，不问国太相亲得出怎样的结论，总之，刘备是非消灭不可的。

乔玄回府以后立即派人给刘备送去了“乌须药”，教给他使用的方法，这至少可以保证他瞒掉十岁年纪。此外，还提醒他要警惕席前有诈，保驾的将军最好是“内穿铠甲，外罩袍服”，准备对付意料之外其实是意料之中的事变。

甘露寺的大殿里摆下了筵席座位，换上了一色大红桌帏、椅帔。正中自然是太后的主位，两侧是未来“娇客”与相陪的主人席次。仪仗、执事人等穿梭地来往布置，安放酒果，排列桌椅。这时，在大殿两侧的回廊、厢房里，许多换了衣装的军士也正忙碌地将刀剑安置在身边的角落里。他们的统帅、东吴大将贾华，不时地探头探脑窥伺着殿前的动静。他是全副武装了的，腰间、背上插满了鞭、锏、锤、剑，手里还不住地搬弄着一把大刀。

就在这时，吴国太由乔玄陪同来到了佛殿，入了座。不久，刘备也到了。殿上奏起了细乐，乔玄奉太后之命出迎。他紧紧握住刘备的双手，细细地看他那染得乌黑的胡子，笑了，小声地说：“那上面坐的就是太后，你见了可就要下拜啊!”鼓乐声中，刘备只是会意地点头。

“你是当今的皇叔，我怎能生受得起?”也许是例行的客套话，国太依旧稳稳地坐在那里。这时候乔玄插话了：“太后，新姑老爷过门，总是要拜的。”又转向刘备，“皇叔要多拜几拜!”

刘备懂得怎样满足上座老妇人的自尊心，也深知一位皇叔下拜的分量和能够产生的效果，他严肃地、毕恭毕敬地行了大礼。

他拜得那么幽雅、庄重、富有节奏。端坐在上面的太后看来，实在是一种醉心的享受。这一切全都进行得十分顺利、和谐。接着又引见了赵云。太后对一切都很满意，同时也开始感到孙权和周瑜办事的荒唐，越想越不对劲，朝下面看看，这位二千岁竟到现在还不曾露面。

“宣二千岁！”太后的声音听起来不是那么高兴的。

孙权上殿参见了母后，勉强向刘备拱拱手，心里有说不出的不耐，好像嚼了一嘴肥皂似的。

谈话转到新姑老爷的身世上来，太后有兴趣地打听，刘备不慌不忙地讲述他的家谱、经历，乔玄不时插进来加一些注解。太后听得津津有味，孙权则简直有点坐不下去了。

乔玄夸赞了刘皇叔的家世、相貌，“龙眉凤目，两耳垂肩，双手过膝”；在孙权看来，这正是“大耳贼”的注脚。关羽、张飞、赵云的英勇战绩、凌云义气，在乔玄嘴里件件被说得真是神乎其神，这哪里是孙权听得下去的，先还不过警告他少说两句，养养自己的老精神；后来说到诸葛亮借来东风，火烧赤壁的时候，就再也按捺不住，孙权吼道：

“诸葛亮的大火，烧得你坐在这里这么胡说八道！”

这确是有失体统。他们的争吵妨碍了太后细听有趣的故事，眼看就要发生什么不愉快，就在这时，吕范走进来请吴侯发布公文。哪里是什么公文？吕范是等得不耐烦，请孙权出去下令动手。

孙权换上箭衣，佩了花剑，身后跟着全副武装的贾华，加上一串刀手，蹑手蹑脚从廊后出发，探头向殿上张望，一队人马随着孙权行进，就像一条花蛇，盯着他的眼色，摩拳擦掌，看见他身边宝剑已经开始离鞘，正想大吼一声一拥而入，不料这时孙权却踌躇了。

他拿不准母后的心思，想想到底还是莽撞不得。

“贾华！”孙权叫道。

“在！”贾华握紧了手中的大刀。

“将人马……”

贾华听了点头，瞪大了双眼。

“暂退一箭之地！”孙权的声音有些打颤。

“嘿！”贾华长叹一声，长蛇阵又缩回长廊后面。

正是这当口，殿上相亲已经圆满完成，太后指定乔玄做主持婚礼的大媒，选定良辰吉日，加紧筹备。“皇叔”已经转化为“爱婿”了。

在廊下太后赏赐的席面上，赵云并不曾专心吃酒。他听见了兵器碰撞和叽叽喳喳的说话声，也隐隐觑见了刀手的行动。赵云来到刘备身边，附耳说道，甘露寺中四处都埋伏着刀兵。刘备听了转身一下子就跪在太后的膝前。

太后真的生气了，查问是谁这样无法无天，乔玄在一边说：“恐怕又是二千岁的主意。”于是叫来了孙权、吕范，他们自然都说是“不知情”的，只有全副武装的贾华抵赖无效，太后下令推出斩首。新姑老爷却站出来讲情：“今日杀了此人，与儿臣花烛不利！”刘备的理由是充分的，贾华的省悟与感激也不能不是深刻的。

在向吴国郡主、孙权小妹尚香的寝宫走去时，刘备依旧摆脱不掉一直纠缠着他的危机感。自踏上东吴的江岸以来，就觉得这地方似乎处处都是陷阱。就连参加了大婚的盛宴，向新房走去的当口，还是死死拉住赵云不放。

赵云从诸葛那里接下的军令是保卫刘备，但宫禁森严，他是不能随便进去的。

一抬头，刘备看见宫门前面排列得整整齐齐的刀枪剑戟的闪烁寒光，在盏盏红灯中间，恰似两排冰柱。刘备不禁冷了半截，难道这是新房中应有的装饰么？

赵云抽身走掉，只剩下了刘备自己。

打开宫门的女侍发现了站在门前发呆的贵人。

盛装端坐在寝宫、秉烛相候的孙尚香，听说新贵人要求先撤去刀枪才肯进来时，不禁微笑了。

“厮杀了半生，怎么还怕这个。”

吴侯孙权的妹妹、郡主孙尚香匆匆接受了太后为自己安排的亲事。她当然不知道自己曾经被当作美人计中的香饵，只是从新婚之夜，新贵人身上透露的某些迹象，向她吞吞吐吐诉说的心事，多少猜到了这桩明显带有政治性质的婚姻背后隐藏着的种种神秘事实。她是聪明的，虽然没有参与国政，但对吴国的处境安危是关心并有兴趣的。这就是她为什么对刘皇叔从一开始就有着好感的原因。不过他为什么见了自己日常习武使用的那些兵器竟如此害怕呢？真可笑。他又为什么在新婚之夜首先向妻子说明处境的危险要求自己庇护呢?他说得多么可怜——

“我漂泊半生，四海为家。今日得配郡主，三生有幸，只是令兄孙权，每每设计害我……”

她只能搬出太后这座靠山使刘备同时也使自己宽心，不过她也知道，政治上突起的风云变幻，有时并非婚姻的纽带所能维系得住。他们新婚日子过得是幸福的，但又明白这幸福并不是十分牢靠的。

被称为“周郎”的吴国水军都督周瑜，是不久前在赤壁击败了曹操战功卓著的统帅、威望出众的名将。围绕着孙权、周瑜形成了东吴少壮派统治势力。在设法夺回荆州的谋划中，他们设下的美人计遭到了挫败，并受到太后的申斥和元老重臣的抵制，不能不改变策略。在周瑜看来，既已弄假成真，缔结了孙刘之间的婚姻，正不妨将计就计，在宫中广种花木，教习歌舞，使刘备快快活活地住在东吴，消磨了意志，忘却了荆襄，这就能瓦解这个战斗实体的斗志，创造夺回荆州的条件。这是一个更为毒辣的策略，付诸实施时更是顺理成章不会导致任何方面的反对。

刘皇叔甜蜜欢快的新婚日子，像流水似的过去了。

赵云却感到非常的寂寞，他一个人住在馆驿里，已经许久不曾见过刘备。他时时记起临行之前，诸葛托付给自己的重任，并明确指示年终之时要护卫主公一起回转荆州。光阴易逝，眼看已将岁暮了。

赵云决定进宫去问安。

走进门禁森严的后宫，赵云听到了隐隐箫鼓之声，阵阵后宫女侍的歌声喧笑。他仿佛进入了别一天地。这里自然没有馆驿的萧寂，离开战场上的金鼓马嘶就更为遥远。赵云被留在外殿等候了许久，觉得不是滋味。在这陌生的环境中他感到局促、不安。他在殿上来回踱步，活动着自己的肢体，他猛地记起，已有许久不曾跨上战马，挥舞刀枪了。

刘备好像是被女侍们从筵席上拉了出来的，踏进殿门时还兀自与跟随的宫女调笑。

看到站在殿上、神色异常的赵云，刘备睁大了眼睛。

“四弟，你还在这里，没有回去？”

“主公没有吩咐，我能上哪里去呢？”

“回荆州去啊！”

“我不敢离开主公身边。”

刘备失笑了：“你尽管回去，告诉二弟、三弟还有军师，就说我在这里过得好，好，好。要他们放心就是。”

“主公不回去，谁来料理军国大事呢？

“自有诸葛先生。也许你在馆驿里住得无趣，我这里有的是宫娥彩女，你就选了去做伴也好。”刘备不耐烦了，背过了身。赵云还从未得到过这种冷遇。他记起，刘备过去也有时发火，不过从未有这样的严重。他好像换了另一个人，跟过去的生活完全脱了节。

赵云在思索，用什么方法才能使刘备从精神失常的状态中解脱出来呢？他知道自己没有这本领。

在寂静中冷场。谁都不说话，只有从便殿传来的乐音轻轻地回荡着。突然，乐音换了一种短促的旋律，急管繁弦，听了使人格外心焦。这时，赵云猛地想起，只有诸葛才有使刘备从沉迷中警醒的方法，可他又远在天边。不，他人虽远在天边，但他的锦囊却安稳地藏在自己怀中。

赵云背过身去，轻轻解开胸前铠甲，探手取出锦囊，仔细看了，脸上漾出了得意的微笑。赵云转过身来，凑到刘备耳边，轻声说道："先生差人来报，说那曹操要报当年赤壁之仇，带领人马，又夺取荆州来了。"

孙尚香听见赵云求见，贵人出去半晌不见回来，心里不免狐疑。赵云已经许久没有进宫，没有大事料他不会贸然进见。难道是出了什么意外么？

婚后温暖欢快的生活，逐渐医好了刘备精神上的不安，这一阵子他很少或简直没有提起留在荆州的诸将，也不再担心东吴少壮派对他的威胁了。这一切，孙尚香是满意的，她到底放下了一颗悬着的心。不过她也时时受着良心的责备，新婚夫婿能为了一个女人，即使是一位郡主，而从此抛却他经营了半生的事业吗？她是不该为此自私的。她并非一个凡庸的女性，男人的戎马生活一直使她神往，和刘备的结合又逐渐使她明白，她已经开始和他的事业结合在一起了。

刘备和荆州目前似乎已经失去了任何联系，如果这中间还存在着一根纤细的线的话，那就是赵云。现在，这根线又牵动起来了。

孙尚香向前殿走去时下意识地放慢了脚步，这样，她在无意中听到了刘备与赵云悄声的对话。他们正在商量怎样离开东吴回返荆州，行前应否告知郡主，对此他们之间发生了争执。赵云认为一旦郡主知道了他们的意图，就将再也走不成。刘备痛苦地轻声呼喊了：“郡主，我刘备要逃走了。”这呼喊不能不使孙尚香听了心碎，她几乎挪不动沉重的脚步。她在前殿看见了失神丧魄的刘备，语言失次，神色仓皇，几经盘问，刘备才说出曹操进攻荆州的消息。孙尚香是清醒的，她并不知道有什么诸葛的锦囊，但她知道这只是一种借口，更使刘备吃惊的是，孙尚香在这时下定的决心。

“皇叔既以国事为重，待我禀知母后，与你同行。”

刘备扑过去跪下，埋头在郡主的膝前，啜泣了。

尚香进宫辞别母亲，她哪里说得出这极可能是生离死别的辞别，只说要陪同皇叔去江边祭扫；等太后发现了她脸上的泪痕与悲楚之后，经过进一步盘问，尚香才说出了真话。母亲也并未阻拦女儿的去意，等她哭泣着辞别了老母，迟疑地向外走去时，母亲又唤她回来。

“你们这次回去，必须经过柴桑口，那周瑜怎肯放你们过去？”太后将一口尚方宝剑递给女儿，“中途有人拦阻，就可斩却，凡事都有为娘做主。”母亲知道女儿和新婿是留不住的，也不应该把他们永远留在自己身边，毅然放他们去了。伏在母亲膝前哭泣的孙尚香知道自己到底是母亲钟爱的女儿，可是她那掌管东吴军政大权的哥哥呢？她真的是吴侯的亲妹子么？

周瑜是个精明的人，三十四岁就成了军事统帅，赤壁一战，奠定了东吴的基业也树立了自己的威信。他和鲁肃都是主战派，也是孙刘联合政策的具体执行人。只是年少气盛，不肯服输，一贯凭自己想当然的意图行事。他设下的“美人计”失败了，使他懊恼、彷徨。他自娶了乔公的小女儿成为孙吴的外戚，从此踏进上层，一直一帆风顺，他遇到的是一连串成功，他提出的战略计划，从没有碰过壁，可是这回第一次事与愿违，失了面子。这是不能不使他懊恼的。

他发现站在自己面前的敌人增多起来了，霸占了荆州的刘备，倒成了东吴的“娇客”。那个一直沉着冷静、时常露出不怀好意的微笑的诸葛亮，就更加可恶。尤为糟糕的是，本来和自己站在一起的鲁肃，最近也经常提出不同的意见来了。不仅要对付外来的敌人，还要留神在内部蔓延开来的不稳思想。花了很大力气也说服不了的鲁肃，简直就像一根僵死的木头……周瑜开始感到在这内外交困之中，有些精力不济，又更增添了烦躁、不安，容易发火，怎么用力也很难控制得住。

为了掩盖自己的失误，挽回威信并统一内部认识，周瑜宣布他正在执行一种新的策略，把刘备用目前这种特异的方式永远囚禁起来，分散他的集团力量，进而加以分化、各个击破，进一步完成收复荆州的大业。孙权是将信将疑地被说服接受了，鲁肃就一直说不通。周瑜自己也不免觉得有些口硬心软，刘备是个活人，而活人是很难一直加以有效的“圈禁”的，何况他的身份还是东吴的“娇客”“贵人”。

周瑜像往常一样，升帐理事。他处理着日常的军机事务，显得从容不迫，保持着大将、统帅的威严、风度。统帅部设置在柴桑，这是控制通往刘备集团根据地的咽喉地带。近日来他加紧了巡逻和侦察，对来往行人严格进行盘问。要防备从荆州方面可能来袭的武装力量，也注意不让任何奸细出入国境。对这方面的戒备，他是满意的，可是又并不安心。

不祥的消息终于来了，刘备带了郡主已经向荆州逃去。周瑜一跃而起，正待点兵亲自追赶，鲁肃一脚踏进帐来。

“那刘备带领郡主同回荆州，有什么不是，为何要派兵追赶?”

“好不容易才把他诓过江来，怎能轻易放他走掉!”

“只怕太后不会答应。”

“自有吴侯做主!”

“荆州发兵前来?”

“自有本督抵挡!”

“那诸葛可不是好惹的啊!”鲁肃最后冲口而出了。

争论还是旧的争论。鲁肃过去一直不愿也不敢提起，他知道什么是最能揭开周瑜疮疤的旧事，谁是最使周瑜厌恶并深深忌惮的人，此刻也还是说了出来。鲁肃当然拦阻不住周瑜，一支追赶刘备一行的人马出发了。

周瑜派出先行的追兵，由丁奉、徐盛等四将统率，他们最先遥遥地望见了刘备一行的车尘马迹。这一群显然走得十分慌促，出发以来一直没有停下来休息过，显然都已十分疲惫了。远远望去，刘备骑了马先行，后面跟着郡主的车辆，断后的是赵云。他们穿梭般行进，忽前忽后，忽紧忽慢。看来他们已经发现了追兵，明白不容易摆脱，逐渐放慢了前进的速度。丁奉等正迟疑时，被追蹑的一群已经在前面的山坡上停下来了。

丁奉他们也跟着停了下来，一时还不敢凑近去。

在山坡上歇下以后，赵云知道已到了打开诸葛最后一封锦囊的时机。诸葛教给刘备，目前只有请孙夫人出面解围，硬拼是不明智的。

孙夫人款款地从车中走出。她掠了一下鬓发，安详地站在那里，像是在眺望风景似的望着远处的追兵。赵云侍立在一旁，手里捧着太后赏给的尚方宝剑，刘备则远远躲在后面观看动静。

丁奉他们牵了马慢慢地走近来，在山坡下面停下，恭谨地参拜了郡主，却用眼睃着刘备。

“丁奉、徐盛、蒋钦、周泰，”孙夫人依次威严地唤着四将的名字，“你们来干什么？”

“奉了吴侯之命，请皇叔与郡主回去。”这是出发之前周瑜教给他们的。

“嘟！”孙夫人放下了脸，“你们奉了吴侯之命，可我奉的是母后的懿旨，与皇叔同返荆州。”她回头给赵云递了一个眼色，“赵云，请出母后钦赐的尚方宝剑，有胆敢阻拦的就给我杀了。”

“领旨！”赵云拔出了宝剑。

丁奉等只能眼睁睁地看着刘备他们上马，登舆，从山坡上离去。最后离开的是赵云，他冷笑着在马上挥舞宝剑，像是向送行者告别。

丁奉等回去时碰上了随后赶来的周瑜。用不了好久，以周瑜为首的追兵又追上了刘备一行。依旧是孙夫人出场，周瑜也说不出更强有力的理由，只不过重复了刚才发生过的一切，与诸将不同的是，周瑜和赵云交了手，但不敢厮杀，最后还是眼看着刘备他们从架起的宝剑下面走掉了。

即使是都督，也不能不忌惮这尚方宝剑。

都督的对策还是追，追。周瑜把希望寄托在面前不远的长江。

一只小船从茫茫无际的芦苇丛中摇了出来。

站在船头上的是张飞，浑身黑色的渔夫装束，脚踏麻鞋，头上戴了一顶镶着黑边的圆圆的大草笠。他的双眼闪闪的，黝黑的脸膛上泛出了因激动而生的飞红。他等在这里好久了，不时探头望望辽阔的江面和蜿蜒的江边小路。好不容易才盼到了遥远扬起的尘头，按照自己的经验，知道这是一起行进中的车马，他还不能断定这是不是他奉命迎候的远来贵客。

刘备一行终于来到了周瑜最后希望所寄的大江。

刘备站在滔滔的江水面前，回头望着远处即将追近的周瑜兵马，觉得真的陷于绝境了。

是赵云先发现了从苇荡中闪出了一点黑色的影子，紧接着又是一点、两点，它们箭似的向岸边驶来，这时可以看清这是一串乌皮小艇。前面并排行进的两条，渐渐逼近，可以看见诸葛亮手中的白色羽扇了。

这是一场意外惊喜的会见，其中最活跃的是张飞。他抚弄着胸前飘拂的长须，跳来跳去招呼这个，又问讯那个，正如一个小孩子。这些时，一直没有得到大哥的消息，也数他最焦急沉不住气。他几次闹到诸葛亮帐前，讨下了江边迎候的任务。他带了三千人马，乔装改扮，隐伏在苇荡中，等得不耐烦，曾不止一次在失望之余动摇了对诸葛的信心。难道他猜得就这么准？现在，也是他来到诸葛面前，挑起拇指，称赞他的聪明的预见；在赵云那里，张飞又夸赞了他保卫大哥安全归来的功绩。最后刘备引他与新嫂嫂相见，老张不禁腼腆起来，他走过去嗫嚅着下拜，孙夫人嫣然一笑，说：“三弟少礼！”张飞还是第一次看见这般神采飘逸的人物，听到陌生而使人心醉的吴侬软语，老张向身边人做了一个鬼脸，轻轻地学说了句：“三弟少礼！”没有谁听得清楚张飞嘴里咕哝些什么。

诸葛安排新婚夫妇下船，又对张飞交代了任务。一瞬间江边又恢复了平静，江水照旧滔滔地向东流去。战斗在前面不远的山坡下发生，周郎这次遇见的不是太后的尚方宝剑而是张三爷的丈八蛇矛。他知道自己是彻底失败了。山坡高处排列着一队黑色衣装跳跃着的兵士，他们欢快地、齐声高喊：

“周郎妙计安天下，赔了夫人又折兵！”

这也是诸葛的安排，恰似事先做好的一份简洁、确切的战役总结。

空城计

诸葛亮有些疲倦了。这些年北伐的战争对蜀国来说已成为一种沉重负担，对他个人来说就尤其如此。近来他是日益感到自己是在干着一件将永远不可能完成的工作，可是他只能努力干下去。这些年他一直是强打精神来办事，在全蜀军民文武百官看来，丞相依旧是精力弥满的。可是他自己明白，他的体力衰退得厉害，胃口、饭量也日益减弱，当他从大堂点兵出发，退回自己的私室，一屁股坐下来时，就像一摊泥似的，不想动，也几乎不能动了。

可是他的脑子依旧静不下来。这次出兵的整个计划，从制订到实施，确是花了不少力气。他把大将赵云派到襄城去，吸引开魏军的注意，亲率主力指向了祁山。魏军派来拒战的是有经验的宿将张郃。他考虑了很久才选派了马谡做前军统帅镇守街亭。马谡是老资格的参谋人员，先帝在世时就一直参与军事策划，很有学问，也出过不少好主意，加上他在自己身边很久，对自己的军事思想是熟知的，只是缺少实战的经验。在万不得已的情况下派了他去独当一面，至少可以保证不会干出荒唐幼稚的事来。他这样想着时，多少放下了心，这时就留神看看左右，没有人。身边两个年轻的随从懂得丞相的脾气，丞相喜欢一个人在内室休息，不愿意旁人打扰。他是在休息么，也很难说。随从不敢进来也不敢走远，得随时听候呼唤。有时也偷偷从门缝里张看一下，常常看见丞相在房里来回踱步，手里拿着那把时刻不离的羽扇，有时停下来举起扇子来瞧，一瞧半日，仿佛那上面有什么花样似的。有一次小随从偷偷瞧过那把扇子，只见黑白间架的鹅毛美丽花纹，看了一眼就赶紧放下了，什么花样都看不出。

这时候，诸葛亮真的又在房里来回踱步了，手里依旧拿着那把扇子，不过没有看，他有时停下来抬头望着房顶的天花板。其实那里也是空落落的，顶梁上缀着老大一面网，一个大蜘蛛静静地坐在网上休息，一动不动。

诸葛亮在想什么呢？他总是忘不了马谡接下军令时脸上的笑，马谡平时不是这样的。也许他这是第一次接受独当一面的重任，有点激动吧，也许不是。诸葛亮不禁有点担心，接着又赶紧安慰自己。出发前，已经把地形、扎营方法、作战序列都细细地对马谡说了，简直把这有了一把胡子的将军当作一个小孩子，这是诸葛亮的老脾气。马谡也满口答应着去了，可是从脸上也看得出，他没有听进去。想想马谡对自己还一直都是顺从的，因此也就理应没有什么可以担心的。

就这样，诸葛亮在房里一个人呆了好半日，吃了饭，喝了茶，也不想上床去歪一歪；不知怎的，好像全部精神都提了起来，一点都不困。就这样，眼看着日色平西了。

诸葛亮心里盘算，马谡带着大军出发，走了半日，该已到了街亭。按照自己的部署，派出哨兵，察看地形，安营扎寨。这一切粗粗安排好，就动手画地理图。这用不了多少时间。然后派快马送图回来，这当儿，也许至多再晚一刻，就该到了。可是大营内外依旧静悄悄的，一点声音都没有。诸葛亮得意地微笑，这是他长期治军形成的纪律。即使身边带着几万、十几万大军，照样也是这么静悄悄。不过很快又想到，他的兵全给赵云和马谡带走了，这回的静悄悄是真正的静悄悄，他只有时听见几个老兵的咳嗽声，压低着嗓子，可是听来依旧清晰得很，也寂寞得很。

约莫在掌灯以后许久，诸葛亮才听见了从远处逐渐移近，急遽、匆促、零乱的马蹄声，他放下了心。直到他开始背着手从摇摇的烛光下看那打开来的草草画就的地形图时，他脸上还浮着微笑。他看这样的地图是老手了，他不是从头到尾细细地看，只是选择了几个地点注视。三眼两眼，他的眼睛不由得张大了，接着就闭起了眼睛，手一挥，就又快步走回房里去了。

第二天早晨，天刚麻麻亮，诸葛亮就从房里走了出来，他走过这个小城静悄悄的狭窄荒凉的街道，穿出城门，向城外一片平展的麦地瞭望，麦地中间有一条不宽的土黄驿路，蜿蜒着一直望不到头。这就是大军出发走的那条路，也是昨夜送地图的快马驰过的路。他料准了将在这里迎来一骑浑身淌汗的探马。他一点都不惊异，平静地听取了“马谡失守街亭”的坏消息，甚至连眉头都没有皱一皱。他缓步走回来，又穿过城门，走上了城楼。在城门洞口看见两个老兵时，还向他们微笑。老兵心里稀奇，丞相今天高兴，这是多年来罕见的，好像只有那年平定了南中，收服了孟获，班师时曾经这样笑过。

诸葛亮一个人站在城头向远处望去，望了好久。

这时他在想些什么呢？

他觉得整个战役已经结束了。他觉得可惜花了年把时间努力进行的准备工作虚掷了。他觉得惭愧，战争失败的关键就在他用错了前军主将。他感到困难，主要的困难并不在撤军，摆脱司马的追兵，这些昨夜就早已盘算好了。他细细算过，损失可以减少到最低限度；最困难的是大军退回川中以后的善后，怎样处置马谡，还有他自己。他是没有退路的，不能辞职，更不能不继续经营准备北伐，不出击就只能坐待敌人来消灭。怎样才能维持住并继续激起蜀国军民的战斗热情呢？

诸葛亮两眼望着碧蓝的天空，天上有白云。这地方会变成一个战场么？许多往事都一下子袭来。马谡的命运早就决定了，在第一次看到那地形图时就决定了。使诸葛亮感到十分不安的是，是谁把马谡推进死亡的深渊的呢？是张郃吗？不是。想来想去，只能是丞相他自己，在弥留的病榻上衰老苍白的刘备的面容仿佛又在云端里显现了。“谁教你这样使用马谡的，我不是几次提醒过你，这个人是不能独当一面的么！”他仿佛听见了刘备微弱却又愤怒的声音，看见他脸上因激动而泛起的潮红。

诸葛亮拿着羽扇的右手微微颤动，他闭起了眼睛，口中喃喃地说着什么，没有谁能分辨得出。他是在祈祷，求先帝帮助他渡过难关，改正错误。他睁开双眼，眼前依旧是一片澄澈得出奇的碧蓝的天。

诸葛亮脸上又恢复了平日的庄重，只是添加了那难得的微笑。他吩咐随从，转命老兵，要把城门内外、城头一带打扫得干干净净，还要准备琴桌、酒菜，他自己要在这里吃酒，弹琴，观赏风景。他对睁了呆呆双眼的年轻的随从说：“你们看，这里的风景多好，看那远山……”

诸葛亮一开始就做了最坏的打算。他估计司马懿得到张郃夺取街亭的消息，调集兵力袭击西城，这需要两天时间。不过应该估算司马可能还会来得更快，不需要这许久。他又向远处望了一望，没有一点马蹄踏起灰尘的迹象。就算他来得更快一些，又怎样呢？诸葛亮一下子产生了非凡的自信。他研究、了解司马的深度，实在远远超出了对马谡的认识。他感到有些惭愧，但坚信，这一回，他不会也不许再犯错误了。

从接连来到的探马带来的消息，知道司马懿的队伍确已向西城进发。这消息，在诸葛亮少量留守人员身上引起的反应是不同的。诸葛亮缓步走下城楼时又遇见了那两个曾经跟他渡泸南征的老兵，丞相微笑着对他们说：

“你们辛苦一下，把城里城外打扫一遍，越干净越好。”接着又和解似的说，“就在这里左近扫扫就行了。那边么，不必了。”他举起羽扇，指着城隅一侧拥挤着一片破烂屋舍和残砖碎瓦的角落，脸上又出现了微笑。

一切都不出诸葛亮的预计，但也不是都估算得那么准，司马懿的大军比他保险系数打得很高的估计来得还要快。一些老弱残兵刚把城门左近清理了一下，探马就报告说：“司马懿的大兵离西城不远了。”

诸葛亮又急匆匆地走上了城楼，但没有人看得出他内心的不安。他像一个典型的名士那样在城头就座，像阮籍那样地喝酒，像嵇康那样地弹琴。这些司马懿都从部下的报告里详细地了解到并暗暗吃惊了。司马懿的坐骑停在一个小土坡上，离得远，地势却高，他看不大清楚，但可以断定那坐在

城头上的人只能是诸葛亮。他见过大世面，知道这种潇洒的风度和舒缓飘逸的琴音不是第二个人能有的，这是地地道道“正始”的风格，模仿不来的。司马懿在马上踌躇了好半日，终于下令退兵。他不想参加诸葛亮的音乐酒会，这可不是联欢的恰当时机，诸葛亮也不像是一位好客的主人。司马懿想了好久，终于下了决心：“回去!”

诸葛亮坐在大堂上，显得无比烦躁。这实在是少有的，半月来他“演戏”演得够了。他盛怒地处分了前军副帅王平，十足地发了一顿脾气。他为胜利地完成了掩护撤军任务的老将军赵云庆了功。但当免冠散发、戴着手铐、满脸晦气的马谡被押上堂时，诸葛亮却意外地平静了下来。他知道，现在来了对他说是最严重的考验。

马谡像是一只低着头，被斗败了的公鸡。过去他脸上那一派骄矜之色一点没有了，两只大眼睛不住地向上座的丞相溜，又很快地缩回来。他的声音喑哑了，他服罪，承担了全部责任，他不希望万一的侥幸。这一切都使诸葛亮心烦。如果马谡要态度，强调客观困难，撒泼打滚，那倒要好办些。但马谡不是这样，诸葛亮不能不想，整个的悲剧好像是一个做成的圈套，又是身为丞相的他亲手推着马谡钻进去的。是他要马谡签署了军令状，他的知人之明到哪里去了呢?

他淡忘了军事法庭的尊严，不由自已地从座上走下来，走到跪着的马谡身边，他想对马谡说两句什么，这时他看见马谡失神的眼睛里饱含着泪水，他一下子忘记了想说的话。死一样沉寂的大堂上，前后左右肃立着的全军将佐、士兵，全部的眼睛都盯着他看，一对对竖起的耳朵都在听。好一会儿，先是轻轻的，然后愈来愈高，一阵阵压低了但使人听了发颤的声音打破了死一样的寂静。诸葛亮惊慌失措了，这是他平生仅有的一次失仪，他偷偷向四周扫了一眼，慌促地溜回自己的座位，很快地，简直可以说是草率地宣布了处决的命令。

追信

连绵的秋雨一个劲儿地下着，韩信坐在褒城治粟都尉寒伦的公廨大厅上，忽然感到了排挤不开的烦闷。

褒城是一个土筑的小城，周围不过数里，城墙不及一丈，现在算是汉中王刘邦的驻地。城里只有有数几所像样的房子，给大王和文武百官一分，剩下来留给他这个管粮官的公廨，其实比马厩也好不了多少。韩信闷起来在大堂上闲踱，只十来步就不能不碰壁，折回来，再碰壁，这就更加使他气闷。

褒城城里到处是风沙，全城只有横直两条十字街。韩信没有家小，没能熟人，没有朋友。他渐渐从心底滋长了对这个小城的厌烦。真想不到，有名的美人褒姒就出生在这个土围子里，真是“鸡窝里出了金凤凰”了。驻扎在这个鬼山方的刘邦，好像倒颇沉得住气，每天上朝，问事，发脾气，摆威风，看来日子过得挺充实、满足。韩信想，这人难道真的有成更大气候的希望么?

也不能说韩信没有一个朋友，那个小老头儿、丞相萧何就对他不坏。第一天萧何引韩信上殿参见刘邦，事前就告诉他说，大王是会加以重用的，不料结果只给他当了一名粮库看守。韩信站在殿廷下面，冷眼看刘邦脸上一片木然神色，萧何局促不安连连移换着脚步的情形，心里就明白了大半。好像亲眼看到了萧何推荐自己，遭到刘邦反对，两人中间引起了争论的全部情景，甚至连刘邦对他的评价也猜得出来。

“韩信，这个淮阴出身的小流氓，向漂母讨饭，给无赖钻裤裆，我要是重用了这种人，三军怎么能服，诸侯安得不笑？还有那项羽又该说些什么呢？……

韩信心里清楚，这就是他身上背了多年的“鉴定书”，走来走去几乎没听见任何不同意见。他知道这“鉴定”是错误的，曾寄大希望于刘邦，希望听到他会说出不同的意见。但，失望了。

萧何就两样，好像多少能摸到自己的心，为人也和气，不摆丞相的架子。不过在刘邦面前，他的话好像也并无怎样的分量。那毛病怕就在废话多，年纪不大就唠唠叨叨像个老头儿了。

韩信一眼就看出刘邦也是个流氓。在流氓面前，废话是不起作用的。也就为了这，他身上虽然藏着张良的介绍信，但至今并不摸出。他明白，在流氓那里，介绍信（即使是张良出的）也不是能起决定作用的事物。

韩信想起了他在项羽帐下当执戟郎官时的事。项羽不是流氓，是饭桶，这是明明白白的。饭桶并不可怕，倒是他身边的范增是个并不糊涂的老精怪，他了解自己，他向项羽建议，对有能力的人，或重用或杀掉，不能迟疑。这就是他从项羽帐下逃走来到褒城的原因。想到这里，他不禁感到目前处境的危险了。

韩信看看身边，一个小小的行李卷，一柄宝剑，真是别无长物。要走，只要拍拍屁股就可以拔脚。公案上是一叠账册，一颗关防，一盏菜油灯。韩信下了决心，提了小包，背上剑，从马房里牵出一匹官马，纵身跳上，向东城驰去，出城时还向守关的令尹快乐地打了一个手势。

“是下乡催粮去么？好走，好走。”

萧何是细心人，也是个善良的人。他当然不是流氓，不过对流氓的心思、手段却摸得烂熟。

萧何是参预中枢机密的核心人物之一。刘邦在褒城住下来很久了，早就坐立不安。是萧何劝他要耐心，装出打算当一辈子汉中王的神气。萧何还说，想进一步取天下，只靠这几个身边人是不够的，还缺少一员超群的统帅人才。

刘邦接受了萧何的建议，把自己打扮成一个心满意足快活的汉中王，又派出张良寻访兴汉灭楚的元帅，凭介绍信前来投效，只是在韩信身上两人发生了分歧。

萧何陷入了两面夹攻的困境。他一方面要花大力气说服刘邦，重用韩信，费尽唇舌给韩信提升了一级，这是使人失望的，破格录用的可能看来没有了；在韩信那里，萧何就要反复说明一切得慢慢来的道理，同时还得为刘邦解释，说他到底还是一个明白人。

不过这两条都很难说得清楚。韩信是聪明人，花言巧语在他那里是无用的，何况，又很有几次对萧何的唠叨表示了不耐烦，这就使这位丞相感到说不出的为难。

萧何天不亮就起了床，站到院子里眯着眼望天。一连下了几天的秋雨终于放晴了，竟是满天星斗。这就使他高兴起来，不停地搓着双手，嘴里喃喃地说着什么。其实身边并没有人，他只是对自己反复地说："应该去望望韩信了。"丞相跑到粮官的公廨去，是失身份的，不过萧何已先后去过几次了。

萧何大声地喊院公套车，叫了几声无人应。萧何心想也许是门房离得远，听不见，就又接着喊。一会儿，那院公踉踉跄跄地奔进来了，一脸惊慌。

"韩将军弃官逃走了！"

"有谁见来?"

"东门令尹前日见他下乡催粮，至今未归。"

听了此言，萧何忘却了相爷的身份，也忘记了自己的年纪，他平日细心，但这回却再不想过细盘问了，这一定是真的，是他早就料到了的，只不过来得太快了一些。他迈着碎步在院子里走着，只简单地询问了韩信穿的什么，可带了家私，就连声吩咐备马。

"相爷，你骑得马么？平日都是套车。"院公迟疑着。

"糊涂东西！快备马！"萧何真的控制不住自己了。

一会儿子院公牵来了两匹马，后面跟着一名壮健的亲军。萧何穿着长袍、靴子，扶掖着好不容易爬上马背，认镫也困难，还是院公将靴子塞了进去的。

萧何在马背上摇摇的，迎面一阵秋风，帽子几乎被吹掉，用手一按时，帽檐就倾斜地压住了眉梢。萧何两眼直直的，打了一鞭，马儿就像箭似的窜出了府门。

街上是一片烂泥，马蹄过处，大片泥浆就向两旁飞去，行人都远远躲在房檐下面，露着惊奇的脸色望着骑马的人。直挺挺坐在马背上的萧何，正像是驮着的一块门板。

马背上的萧何这时正转着与范增差不多的念头，他们信奉的正是同样的原则。人才自然以聚在自己手下为好，多多益善；如果留不住，那就宁可杀掉。如果让他跑到敌人一边去，那可是天大的灾祸。

他们站在敌对的阵营里进行了百十次大小规模的厮杀，从实践经验中获得了相同的结论。不过萧何比范增乐观得多，他相信韩信是可以追回来的，因而不必杀掉，还能受到大大的重用。他的主要根据是：从根本上说来，刘邦和项羽是不同的。

出了东门以后，眼前就是一条小路蜿蜒着通向山里，此外别无路径。宿雨初晴，小路上还留下了杂沓却是清晰的马蹄痕迹，萧何用力抽打马儿的屁股，使它没命地狂奔起来。发怒的马在小路转折处摆脱了背上的负担，兀自悠闲地啮起了路边碧绿的野草。亲军赶到时，发现相爷正倚着一棵大树喘息，身上的锦袍一半已浸透了泥水。

亲军搀了萧何重新跨上马背，又赶了好半日，一直走到太阳正中，人困马乏，又饥又渴，忽发现前面崖角丛绿里飞下一条小小的瀑布，宛如一挂珠帘，不必说下面必有一处深潭。这时又传来了一声长长的马嘶，紧行几步，看到韩信就坐在那里歇息，战马缚在潭边老树身上。

三人一起站着不动，彼此打量了好半日。

韩信见相国那种狼狈相，不禁失笑，一切不必说也自然清楚了。

“你急的什么！我正要找你去，却听说你跑了。这成什么话，一切都会好起来的，我又跟大王说过了……”韩信听任萧何唠叨，只是笑。

“等见了刘邦，再把张良的介绍信取出来吧。”韩信想，“没有介绍信，空口白话，看来他还是不相信……”

三匹马在归途上慢慢地走着，泥泞的小路已经干了。

杨排风

杨排风从三关回来，依旧在天波府大厨房的灶下烧火。她是立了功回来的。按照当时佘太君的将令，杨宗保在边关被辽将韩昌擒去，谁能救得小本官还朝，“高官得做，骏马任骑”，她是应该封官的。但她不愿意，情愿回到灶下来烧火，觉得还是干老本行自在。她从小就在太君房内干活，后来又分在大厨房里。整天价一根拨火棍不离手（自从她立下战功之后，这棍也长了身价，有了一个好名字，现在被人们称作“青龙棍”了），没事时摆弄，摸出了一套棍法。天波府里有男将也有女将，拿枪弄棒是平常事。看来看去，再笨的人也能看出一点门道来，何况她又聪明。可是没有谁知道她有这一身本领，连老太君也不知道，人们只知道她是个调皮的丫头，她也确是调皮。

排风从三关回来以后，身份不同了，尽管没有捞到什么官职，可是到底不同了。她走过时，男人都斜着眼看，露出一种异样的神色。倒不是嫉妒，她立了功可没有当官，没有什么可嫉妒的；可是觉得稀奇，又不好意思向她打听。厨房里的小姊妹们就不同，一空下来就缠着她讲怎样打韩昌的。

“有什么可说的呢？还不是一棍两棍，打他的头，打他的腰膀，扫他的马腿……韩昌就跑了。别看这些番邦上将人高马大，气势汹汹，其实并不顶用。有什么可说的呢，跟平常在家里使家伙没有什么两样，不过瘾。”

排风两腿一翻，双手一摆，嘴角一撇，没话了。

小姊妹们听了也觉得无趣。

只有说起焦二爷焦赞，排风才忍不住想笑，人们也不懂她笑些什么。笑一阵子，排风又叹口气，人们也不懂她为什么叹气。排风心里说：“难哪，出头难哪。打韩昌并不难，能上阵和韩昌交上手可真难哪！”

那一天孟二爷气急败坏地从边关赶回府里，见了太君报了军情，立即点将。太君说明了情由，立即下了赏号，好半日，黑压压满院子将校人等，没一个人吱声。“这可不是咱们天波府的规矩。”排风这时说起来还有气，“我是从人堆后面挤出来应声愿往。孟二爷一看笑了，开口就叫我‘黄毛丫头’。见了太君，也不信我真有什么本事。你瞧，这可多难哪。三关之上，二十余员上将，个个都不是那韩昌的对手，我这‘黄毛丫头’能成吗？”

“点将是选拔人才。天波杨府能说没有人才吗？可是都让韩昌给镇住了。一个烧火的丫头能算人才吗？青龙棍烟熏火燎，刀枪架子上没有这一宗兵器。难怪孟二爷笑话，他给我的‘鉴定’是：‘上马无有拳头大，下马无有膝盖高。漫说是冲锋打仗，就是衬刀背、垫马蹄，也是不中用。’这话也不能说全无道理。这不能怪孟二爷，他光看表面上啦。孟二爷上了几岁年纪，胡子都一大把了。本事虽然不怎么样，人倒是挺忠厚的。他知错必改，花园比试，三下两下子就让我把他手里的家伙打脱了，接着他就趴在地上起不来了。他可真能服输，他领教了我的棍，服了，还在太君面前力保我去三关。这就是他的好处，大将到底有大将的风度。大将固然得凭手中的本事，可是还得凭肚量，凭一双能识人的眼睛，不能睁着眼睛在事实前面不认账。自然，打赌打输了得给烧火的丫头赔礼，这在面子上一时下不来，是难怪的。瞧他那扭着头磨磨蹭蹭的样子……”排风扑哧一声笑了。

“唉，这是我闯过的头一关。

“孟二爷带着我到了三关，见了杨元帅。在这个地方我还有两关得闯，才能见得了韩昌的面。在三关上闯的后两关，和在天波府闯过的头关其实也没有什么两样。按理说，有了太君的将令和孟二爷的保单，元帅总该相信。可是不行，他们的眼光和孟二爷的一样，给我下的鉴定也是一样的。他们得试试，我到底有多少分量，他们得在手里掂一掂才算数。这就好嘛，眼见为实、耳听为虚嘛。

“元帅得有元帅的身份。他不能不遵太君的将令，可又将信将疑。这也难怪，他肩膀上的担子沉哪。可是杨元帅也够精明的，他支使焦二爷出面和我比武，他自己当保官。焦二爷赢了，他自然名正言顺地把我给太君退回去；输了，可又伤不了他的面子。

“提起焦赞焦二爷，那可真是。他也是三关上将。孟二爷是大红脸，焦二爷满脸锅底黑，就跟在大厨房的灶膛里刚扎了一头出去似的。他可没有孟二爷那么忠厚老实，多着一个心眼。可是说来说去，他到底还是个大好人，忠心耿耿，就是办事毛手毛脚。小本官去给老元戎上坟插柳，就是他放了一炮，惊动了韩昌，才被辽兵擒去的。

“焦二爷劈头就问他的孟二哥：‘兵搬多少，大将几员?’他万没有料到，搬来的就是我这么一个烧火的小丫头。一见他，我就禁不住想笑，活像一名头号的火头军。果不然，焦二爷朝我一打量，也笑了。怪就怪在他说的那些话跟孟二爷在天波府里说的竟是一模一样。

“孟二爷不但撺掇着焦二爷跟我比试，打了赌，还拖杨元帅当了保官，还嘱咐我到了校场，尽管拿出本事来，用不着担心，万一失了手有他承当。这当口，不用说焦赞，就是杨元帅也满肚子狐疑，拿不准，只有孟良心里有数。要说他成心使坏，给焦赞当上，那倒也不是。想凭两句话就说服焦赞可没那么容易，最方便、最直截了当的办法莫如让他亲身领教一下。他们三位是结拜兄弟，彼此的脾气摸得清楚。孟二爷明白，他自己走过的路，非得让焦二爷也照样走一遍不可。靠空口白舌，不行。

“没有交手之前，是我先给焦二爷施了一礼，我说：‘我怕失手打着二爷，莫要见怪!’他一听，就喳喳喳地叫了起来，他气急了。一交手我又假意败下阵去，把焦二爷引到无人之处。这也是为了给他留点面子，免得大庭广众之中丢人现眼。等杨元帅带着孟二爷赶到时，焦二爷早就趴在地上，站不起来了。”

排风这小妮子，走出天波府，来到三关，打败了韩昌，救回了杨宗保，经了风雨，见了世面。在她自己，也不过就像赶了一趟庙会一样。打韩昌，其实倒并没有花费多大气力；倒是一个烧火的丫头想披挂上阵可真不容易。她连闯三关，不只用棍，还施展了一个女孩子的聪明、爱娇……才得如愿。她总是忘不了那些好人，孟二爷、焦二爷、杨元帅……她一想起自己用了什么方法才说服了这些好人，放她上阵把韩昌打倒，就觉得非常有意思。她在回忆、述说这前后的一切时，脸上总是漾着笑，就像好不容易到底赶了一次庙会似的。

穆柯寨

一员女将，立马在山坡之上。十七八岁年纪，全身披挂，背后端端正正束着四面套旗。她顾盼神飞，眉目间闪露着跳动、变幻，只有小女儿才有的惊喜。她注视着脚下的一片草原、林木。她是为了散心才出来打猎的，原不必穿上一整套出师会阵的戎装，可是她喜欢这样打扮。丫头喊："姑娘，雁来啦！"她头也不回，眼光依旧随着天上的雁群移动，随手从丫环手里接过雕弓，左手执弓，右手搭箭，身儿一侧，中了。那雁带着箭飞去，女将和手下的女兵朝着落雁的方向纵马赶去。

女将并不隶属于任何一支正规国家武装，她是一个山寨大王的女儿。北宋时，这样的山寨大大小小几乎到处都有。多半是受不了赋税、欺凌铤而走险的农民，也有从官宦群中分离出来的人物。穆桂英的父亲，穆柯寨的"天王"穆洪举就曾是宋朝的一名官员，因为朝中奸臣当道，这才退归林下的。这不过是一种好听的说法，其实是占山为王。他身边只有这个钟爱的独生女儿，不只武艺超群，指挥作战也颇有过人的才能。上了年纪的天王几乎把山寨的大小事全都交给了女儿。女儿的任性天真，老天王也无可奈何。对女儿的钟爱，有时几乎变成了溺爱。不过老头儿心里有数，女儿年纪轻，没经过世面，但她心地善良，为人正直，“总错不到哪里去”，自己落得省心。这阵子，他就正好出门闲游去了。

女将一行驰马绕过山头，远远望见树林旁边系着两匹战马，草地上站着全副武装的红、黑两将。一位脸色红得像一团火，他是孟良；另一位黑得像锅底的是焦赞。他们与镇守三关的统帅杨延昭是结拜弟兄，也是杨元帅帐下的得力将领。

是他们拾起了穆桂英射落的雁，孟良从焦赞手里接过从雁身上拔下来的箭，细看精巧的雕翎箭杆上刻下的一行小字“穆桂英百发百中”。

“这是穆桂英的箭!”孟良失口说。他们这次正是奉了元帅的将令，到穆柯寨来找降龙木的。

当时宋辽之间又爆发了战争。辽国的萧天佐摆下了天门大阵。杨延昭正从各地调集援兵，起用战将，命焦赞上五台山搬请出了家的五哥前来助阵。杨五郎使用的兵器是板斧，缺少木柄，指定要降龙木制做。这就是他们哥俩远路来到穆柯寨的原因，这降龙木是寨里的镇山之宝。

他们哥俩儿拿着这箭商议对策，照孟良的意思应该把这箭和打下来的雁一起交还原主，可是焦赞却主张用这作为交换条件，和穆桂英讨价还价，他一把抢过箭来，嘻嘻笑道：“降龙木有了。”

正在这时，穆桂英派来讨回落雁的丫环走近来了。

焦赞看出了来的并非穆桂英本人，发话道：

“回去告诉穆桂英，让她乖乖地献出降龙木来。要不，就要踏平你们的山寨！”

接着当然是一场厮打，丫环败阵回去了。

换上来的才是穆桂英。孟良被焦赞拉上马去，心里想，这恐怕不能硬来，不过嘴里刚迸出了一声“穆小姐……”就给焦赞拦了回去。他想用不着这种客套，还是开门见山，把刚才对丫环说过的话再重复一遍。一言不合，又照样是一场战斗。不同的是，这回给打下马来的是他们哥俩儿，穆桂英得胜以后回山去了。

到穆柯寨来取降龙木，本是焦赞从元帅那里接下的将令，半路正好碰上回营交令的孟良，顺便把他也一起拖了来了。在焦赞看来，孟二哥有时不免过于小心谨慎，不及自己聪敏机变，可惜这回又低估了穆桂英。“你我堂堂大将，被那丫头打下马来，成何体统！”对孟良的发怒与埋怨，焦赞简直没有什么话好说。这时他又有了主意，瞒过元帅，把“小本官”杨宗保请来。“三马连环何愁女寇不灭！”正在奉命巡营了哨的小将杨宗保果然被两位叔父连激带哄地搬了来。

穆桂英不觉眼前一亮，她还从来没有看见过这样一位白马银枪、威风凛凛的小将，这么出色的人物。穆桂英虽说是“天王”的女儿，从小跟父亲练就一身武艺，可是常年在山里生活，并没有见过外边热闹的世界，不懂什么规矩、礼数，更没有见过什么出色的人物。和杨宗保一会阵，就使她想起了早年随父亲逛庙在神殿前面看见过的手执降魔宝杵的韦驮。对啦，这不就是韦驮，活了，骑着马下山了。两马交错，穆桂英不住地打量这员小将，盘问他是什么人，到此何事？后来听说他是杨元帅的儿子，上山是为了降龙木时，就说：“好哇，你要的宝贝包在我身上啦!”“拿来!”“跟我到山坡上来!”

他们一直不停地在马上交手，和与焦、孟两将作战时不同，他们打得没有那么急凑，那么疾风骤雨，立时就见分晓。穆桂英总是设法把杨宗保猛刺过来的银枪挡住、架起，找机会细细打量对方，顺便问两句话。这真是一员英勇的小将，可是又多么不懂人情，好像没看见和他交手的是一位姑娘。有时她一发狠，几下就把他逼了回去，可是又哪肯伤害对手，只不过下死劲地盯他一眼，好像说：“看你还发狠!”接着就抿嘴一笑，把马头拨回来了。

杨宗保也觉得有点稀奇，他不懂这个女孩子到底是在打仗还是游戏，她的枪法是厉害的，可是到了紧要关头，就软下来，又把马拨回去了。他定定神，暗暗下了决心，这次一定要把你打下马来，可是又次打了“平手”。他竟悟不出这是对手对自己的忍让，反而被撩得发起火来。

穆桂英这时已经拿定了主意，把小将引上了山坡，又一次把他逼到了无法回手的地位。“哎!”她紧紧攥了一下手里的银枪，轻轻一挑，杨宗保就从马上滚了下来。她身边的女兵像进行例行公事似的熟练地就把战俘捆起，驮上马背，带回山寨去了。

远远躲在山角的焦赞和孟良这时只有暗中叫苦。

焦赞是不肯服输的。他指着孟良背的火葫芦，撺掇他放火烧山，还说自己会“分火”会掐诀念咒，拘来一条“冷龙”，骑着钻入火塘，把小本官救出来。他们真的烧起了一场漫山大火。有“分火扇”的是穆桂英，她一扇就把焦、孟两将煽进火堆里，烧得面目黧黑，须眉燎尽，只好拣起发烫的兵器，回营请罪去。

拾玉镯

春天的下午，只有微微的风，阳光好艳丽，柴门前垂柳的枝条轻轻地回荡，飘啊飘的。柳叶从孙玉姣的鬓边拂过，惹得她心里好烦。空落落的家，妈妈又出去了，只有一群鸡挨着她脚边来回在草地上寻食。她难道能和这群鸡说话吗？她笑笑，搬出一把椅子又拿出一只针线笸箩。她坐下，拿起没有做完的鞋子——自己的鞋子，看着鞋面上绣了一半的花。她想，这样的鞋，已经绣了不止一双了。难道她需要这样精致的鞋子么？什么时候才有机会穿呢？她挑出一根丝线，比比颜色，轻轻摇头，又换了一根，搓搓，纫针，穿线，她开始绣了起来。也许这是一个十七岁的少女打发春天下午最好的办法。也真是，不用好久，她就全神贯注在绣花上了。她那灵巧的、白而长、水葱似的手指来回活动，自然形成了一种韵律，就像抚弄琴弦的少女的一双素手。即使如此，她还是没有放过在这条僻静的街上注意可能出现的任何动静。她多么希望有人在街上走过啊，孩子、老人……不管什么人。总之，街是为了人走的，不然要这街做什么呢？

街上当然是应该有人走过的，不过很少，而尤其难得的，这回是一个年轻人走过来了。他开始只是在街头露了露面，这条街太僻静了，路也远，原想踅到另一条热闹点的街上去。可是，像给什么神奇的事物吸住了似的，他没有转弯。他远远看见柳树底下有一群鸡，还有一个低着头做针线的女孩子。远远看不清楚，只能看见她有一头浓密、黑得闪光的头发，头上插着一根根发钗，也许是镀银的。不管怎样，这实在是美。他踌躇，又在女孩子偶然抬头时碰上了她的眼睛。就是这双眼睛，使他最后改变了主意，终于慢慢地向她这里踱过来了。

他磨磨蹭蹭地走，到底想出了怎样和这陌生的女孩子搭讪的办法。

只要能让她站起来和自己对话，就能听到她的声音，看见她那宛转的腰肢和接待一个陌生青年的姿态了。她是羞涩的，可又为什么不会是大方的呢？

这一切是不难做到的。他提出想买两只雄鸡，她回答说妈妈出去了，自己不能做主。简单的问答也只能如此，不过这对他和她说来也尽够了。无论怎么看，这都是一次内容异常丰富的会晤，彼此也交换了足够的信息。直等她觉得这种没有多少话可说的会晤应该即时结束，要搬椅子回家去时，才发现傅朋正挡住了门。他赶紧让开放她进去，她也随手关上了门。她是不能安心的，想知道这年轻人也许已经走了，就又打开了一条门缝，不料在门缝里又碰上了他那双发呆的眼睛，她又一次赶紧把门关紧。他又只剩下了自己一个人。刚才交换过的足够明确的信息够他激动的，但这一切还需要进一步的确定。初恋的年轻人总会有足够的、必要的智慧，他解下了母亲给自己的一对玉镯，将一只放在门前，敲了下门，就走开了。万一她真的拾起、收下了这信物，那么……

女孩子又哪能放心得下，她又一次打开了门。这次她可是警惕得多了，先探出头来，看见四下无人，这才惴惴地迈出步去。一脚踏下，刚巧踩上了什么坚硬的东西，她向下一看，立即明白了这玉镯的来路，也懂得了它所传达的信息。她的处境是困难的。她懂得，按照女孩儿家应守的规矩，就该硬了心关门进去，权当什么都没看见，可是她不能这么做。也不知道是什么力量给了她勇气、智慧与信心，玉镯必须拾起，还不能给旁人看见，要做得万分妥帖，无可指摘。她大声呼喊是谁丢了东西，没有人回答；她解下了襟边的手帕，装

作赶鸡，一下子就把地上的镯子盖起来了；她心跳，搓着手，一面留神看着左右的动静，一面用足尖三下两下就把玉镯勾到身边。最后下了决心，从容地、大大方方地把手绢和玉镯一起拾了起来。

万万想不到，在她这样做时，早有两个人暗地里注意着了，其中之一自然是傅朋。他在玉镯刚被拾起的一刹那，不失时机地在女孩子面前出现，叫了一声“大姐”。

“拿去，拿去!”孙玉姣真希望适才这一切都没有发生，真想多生一双手把这信物推回去，说不准他不是真心，也许是个圈套呢?“送与大姐!”这么一来，她终于彻底明白了。“拿了去，我不要!”她还是照样说着，声音也许比刚才更高，但口气显然完全不同了。

傅朋走开以后，另一个暗中窥伺着的人，刘媒婆才露面。关于“媒婆”，过去的评价是不大好的，她们以“说媒拉线”为生，也常常采取一些不光彩的手段，不过也不能说她们中间就没有好心人。刘媒婆是目睹了适才这一幕的始末的。她想从女孩子嘴里打听出更完整的故事，这对她的业务也许会有帮助。但想从一个初恋的少女口中听到在她看来是“绝密”的材料，是不容易的。只能套，寻找对方的漏洞，辅之以必要的现身说法，抛出她亲眼看见的材料来。少女到底不是媒婆的对手，当然最后只好全部坦白。

刘媒婆答应为她带定情的信物给男方，还应许尽力帮助完成这一桩好事。也许她对这一对少男少女的初恋还是给了同情并尽了努力的吧。

大审

宋巧姣站在法门寺的山门前面张望。她一早就来了，先是躲在庙门两侧的石狮子后面，这时庙里还是鸦雀无声。慢慢地，一起起校尉、小太监骑着马来了，走进山门，把马拴在树上，就吆吆喝喝地赶着和尚们打扫大殿、布置净室，她躲在门口看不清楚。想想这地方也未必存得住身，就远远找棵大槐树荫着身子。果然，她看见和尚们一个个出来了，在庙门外打扫路面，赶走闲人。奇怪，老和尚也一反常态，竖起了眉毛，粗声粗气地指指点点，大口地喘息着。这一切确是不比寻常。她听来的消息不错，太后老佛爷真的要到这庙里拈香了。

宋巧姣咬咬牙，忍着心头往上蹿的火气。

这个年轻文静的姑娘给县太爷逼得简直没有了路。她的未婚夫傅朋，就在前些天给县太爷不明不白地捉去下了狱，罪名是杀了人，还是一刀连伤二命。这可从哪里说起。这样一位白面书生，连杀鸡怕都不敢下手，何况是杀人。可是天底下就有这样的父母官，办事只靠刑具，一下子一切就都“水落石出”了，这可多么省心。都像这样子做官，那就无论是谁都能坐在大堂上指手画脚，吹胡子瞪眼。

宋巧姣想到这里，不由得气往上撞。她双眼直直地盯着庙门，可是什么也没有看见。

这件冤枉官司怎么会落在傅朋头上的呢？这里面全为了一只玉镯。玉镯戴在孙玉姣腕上，给糊涂县太爷看见了，追问情由，才知道是傅朋在孙家门口丢的，给这丫头拾去了。天知道是丢的还是……孙玉姣你怎么敢拾起来，还戴在腕子上。想到这里，真让人恨得牙痒痒。论理傅朋也是活该，自作自受，本不该管这种闲事，不过……哎，这事能不管么？

这时日影已经爬上了树梢，远远地看见旗锣伞扇、顶马、执事，簇拥着鹅黄大轿缓缓地来了。拿着执事的侍卫们双眼直视，脸上什么表情也没有。宋巧姣看了心里发慌。她看见大轿在庙门口停下，老和尚率领着全寺僧众雁翅似的跪拜接驾。这时，一位高大、满脸横肉，五十来岁，穿着盘金官服的官员赶前一步，用手掀开了轿帘。奇怪的是，他的颔下却没有长着胡子。这时紧跟在身后、手执拂麈的人立即接过手去。轿帘打开，一位盛装的老妇人颤颤地下了轿。宋巧姣知道这就是太后了。她想从大树后面跑出来拦轿喊冤，这可是千载一时的机会，可是她觉得嗓子里好像给什么东西哽住了。

她再度鼓起了精神，迸足了力气喊出一声“冤枉”时，是在太后们进了庙门，在偏殿里落座，并约莫吃了一盏茶以后。

这时，宋巧姣又有点后悔起来，这法门寺有多少进佛殿禅堂，太后坐在后面的大雄宝殿里，能听得见她的喊声么？

她后悔没有在太后下轿时就喊。正在这时，一个带刀的侍御大踏步从寺门出来，四面张望着找喊冤的女子。宋巧姣咬咬牙默默地走上去，那侍御恶狠狠地说："就是你啊！好大的胆子，你就不怕惊了驾！"侍御忽地嘻嘻地笑起来，露出满嘴的白牙，"不是老佛爷慈悲，你的脑袋早就搬家了。"从她身上搜出了状纸以后，侍御又匆匆地走回去。

宋巧姣被带进寺门，引进了大雄宝殿，在门口角落里跪下。她匍匐着，低了头，抽空子向正殿上张了张，她看见了在正中宝座上落座的太后，旁边坐着的就是那位没长胡子的有名的"九千岁"刘瑾，在他身边站着的是那个打轿帘的小太监贾桂。

宋巧姣听见从大殿外面传来了奇怪的声音，像夹杂着风声的虎啸、狼嗥，一阵阵起伏着像海涛的咆哮。这是校尉们喊出的"九千岁"的"虎威"，听得心里一阵阵发怵。她听见过许多刘瑾的故事，她琢磨"九千岁"这官到底有多大，比起"万岁"来只差一千岁。在她印象里，京城里好像只有这么一位"九千岁"，人们提起他来总怀着一种说不出的恐惧，并压低了声音。但人们又喜欢传说他的故事，普通老百姓的性命在他眼里还比不上一只鸡。宋巧姣想，在这位"九千岁"手里，她能讨得到公道么？他能为一个含冤的年轻女子做主么？不过当堂上吩咐她申诉自己的冤情时，好像一切恐惧、迟疑一下子都顿时消失，几乎是闭着眼睛就把写在状纸上的一切都倾诉出来了。

太后说话的声音轻得像蚊子，"九千岁"的嗓门可是响亮的。她看见太后走下宝座，由一大群侍御簇拥着离去；又看见“九千岁”大摇大摆地升堂，坐在太后坐过的宝座上；他和贾桂商量了一下以后，就掣出了令箭：“把郿坞县的知县给我提了来!”逼尖的喉咙喊出了刺耳的声音，接着又压低了嗓子嘱咐自己，“等会子你的父母官来了，只管放大胆子跟他对词，别害怕!”宋巧姣想，这不是在做梦。她想，“九千岁”一定是很大的官，比县太爷高了不知道多少级。她领教过郿坞县的气派，依此类推，“九千岁”该是什么样子的呢?该是像凶恶的庙里的四大天王那样的角色吧。可是他却细声细气地对自己说话，还替自己壮胆……这一切，一时竟难以想明白。她想无论如何这“九千岁”可算得是天底下第一位好人。也许人们背后说他的那些话都是不能相信的流言，也许只是因为今天他陪伴太后来拈香，在庙里脾气突然变好了也说不定。

直等到郿坞县知县提到，和自己一样并排跪在大殿殿角以后，宋巧姣突然感到一种难以形容的弛放。过去自己在县官面前是跪着的，还不敢抬头，真是一个在云端里，一个在地底下。今天在“九千岁”面前，县太爷也不过和自己一样，直挺挺地跪着。宋巧姣细细打量这位收起了全部威风，像一摊烂泥似的瘫在那里的太爷，咬着下嘴唇心里暗笑。

“九千岁”也真把案情问到了点子上。“孙家庄，黑夜间刀伤二命，一无凶器，二无见证，竟敢把个世袭指挥拿问在监……”郿坞县一口咬定凭口供傅朋确是真凶。“九千岁”就说：“他杀人是你给他买的刀吗?”“九千岁”让贾桂把状纸拿给县太爷去看，告诉他说，“做了一任好父母官，众儿女百姓无恩可报，弄张字纸就把他给刷下来了。”县太爷拿着状纸，看到告状人的姓名，正迟疑时，宋巧姣张嘴了：“县太爷！难道就把你姑娘忘怀了么！”宋巧姣冷笑着说，压在心头的一股怨气，就这样一下子吐尽了。

二天以后在“九千岁”的府里结案。

在三天限期里，郿坞县奉命要收齐全部人犯，查清案情；宋巧姣则回家等待发落。“九千岁”赏给她一锭“官宝”，对她说：“官司算赢了，还没落案。就拿这锭银子，回家去等着，随传随到。”宋巧姣下堂之前还忘不了已经杀尽了威风的县太爷。

“啊，县太爷，你往上看。”

“看什么？”

“这才是有王法的所在呢！”

“你告得好刁状，还不下去！”

“才知道你姑娘的厉害！”

宋巧姣三天中没有一夜睡得安稳。她做了许多好梦和噩梦。她高兴，又担心，担心这位“九千岁”到底会给她安排一种怎样的命运。她想，至少公道是会得到伸张的。杀人者要抵命，无辜者会湔雪，像郿坞县那样的昏官也应该得到惩处……此外，她就拿不准了。

结果是快速的，杀人犯的教唆者得到了应有的惩罚，傅朋也只被申斥了几句就开释了。意外的是那昏官不但没有降调反而得到了荣升。她自然不明白，这是县太爷在小太监那里行了贿的结果。最出人意料的是“九千岁”对宋巧姣和自己的处理。

“小傅朋失玉镯忙中有错，宋巧姣可算得女中魁娥。将三人成婚配全在于我，好一似织女星要渡银河。”

宋巧姣简直不敢相信自己的耳朵。“九千岁”坐在宝座上放声地大笑，仿佛他做出了一个最满意的决定，给所有的人都带来了幸福。

宋巧姣被带下去和孙玉姣一起盛装打扮起来，还有傅朋，也换上了锦袍，插了金花。孙玉姣打扮齐楚，向她微笑，眉目间带着羞怯，宋巧姣故意别过头去，却碰上满脸得意的傅朋，纱帽上的两朵金花在微微颤动。

郿坞县还是得到了“惩罚”，“九千岁”命他带了公文，到陕西布政司衙门，支取库银三千两，到苏杭二州给孙宋二女办嫁妆两份。这是“九千岁”赏的，办好了这件差事，就给他升官换纱帽。

四进士

宋士杰在公堂上上了刑具，被押出了辕门，胸口兀自怦怦地跳，他的手打颤，双脚像踏在棉花上，摇摇的。辕门外面好亮，阳光照得眼睛发花，他停了一下，嘘口气，心想："到底胜利了。"

可这是怎样的"胜利"啊！

坐在大堂上面的按院大人毛朋对宋士杰说：

"宋士杰，有道是'民不告官'，你一状告倒两员朝廷大吏，一个百里县令，岂能无罪！"

宋士杰吃了几十年衙门饭，是个"包揽词讼的老先生"，他自然懂得"王法条文"，虽然这"罪"定得有些稀奇，他并没有什么话好说，只能把希望寄托在上面坐着的"青天大老爷"身上，他也真的得到了"念你年迈，发往边外充军"的"法外施恩"。他觉得很满意，甚至还对毛朋产生了佩服与感激。

不过这一切都只是短暂的念头，他几乎立即就发现了必须面对的严酷现实。他年纪衰迈，无儿无女，一个人被发配到遥远的边疆……这是想想都有些可怕的。他有老伴，有一个家，日子过得舒舒服服，可是突然从地面上卷起了一阵旋风，把这一切都卷走了，真像是一场梦。

这阵旋风是他自己卷起来的。

一个年轻的少妇像箭也似的奔了过来，哭倒在他的脚下了，她哭着喊“爹爹”，宋士杰擦擦老眼，他真的有这样一位女儿么？紧挨少妇身边还站着一条汉子，嘴里也叫着“干爹”。这都是怎么回事呢？

宋士杰的日子过得本来是悠闲自在的。他从衙门口卸掉干了多年的刑房书吏，在西门外面开了一座小小的店房，总算有点生意沾着手，不算“无业游民”。老伴天天在耳边叨叨，“多喝酒，少管闲事”，乐得图个下半辈子的安逸。酒，他是喜欢喝的，闲事也爱管，不管手痒痒。可是他管得了那许多么？他被革掉了差事，就是为了“办事傲上”，也就是常常不按长官的意思办事。这是不行的，危险得很。在老伴的监督之下，近来碰上有些不顺眼的事，也只是站在一边看看，叹口气，回来跟老伴说说，不想却得到了称赞：“老头子到底学乖了，下回碰上这些事，就躲得远远的。你管得过来吗！”宋士杰点点头，嘴里念着“各人自扫门前雪，休管他人瓦上霜”，上床睡觉了，他发现就是在家里，过去也从来没有这么太平过。

可是有一天，他担心这种太平日子恐怕要维持不下去了。那天他在街上走，劈头碰见一帮青皮地痞逼着一个少妇，哭哭啼啼地被拖进一条冷巷里去。宋士杰捺了一下性子，他记得老伴的叮嘱。可是最后到底按捺不住，还是上去了。青皮们知道宋爷爷的脾气，放了人。少妇被带回家来，心里怀着鬼胎，料不到的是，老伴不但没有发火，反而逼着老头子收下了这个“干女儿”，并撺掇替杨素珍去越衙告状，是她主动地打开了“不许多管闲事”的禁区。

杨素珍是被刁嫂田氏先毒死了丈夫，接着又卖了出去。贩布客人杨春听了这个用多年积蓄买下的“妻子”的悲惨故事，毅然扯碎了“婚书”，认“妻子”为“义妹”，在陪她上告的途中，被青皮冲散了。

少妇深深领教了世路的艰险，她一心想复仇，但她知道只靠自己，即使再加上一个好人哥哥杨春，还是不行的。她能有什么力量呢？她只有使人同情的可怜身世，和弱小者自卫的本能。在柳林里，她就是靠了这个，从一位好心的“算命先生”手里得到一张诉状，又在宋士杰家里，博得了一对老夫妇的同情。她毫不迟疑地拜在他们膝下，就这样找到了保护。从这时起，她总算不再是孤身作战了。

宋士杰仔细研究了杨素珍身边的状纸，说写得好。一个算命先生能写出这样的状子来吗？连他这个积年的刑房书吏都不能不佩服。宋士杰要带干女儿到道台衙门去击鼓鸣冤。这状子本来是老伴要他代递的。不料被人拖去吃了几杯酒，误了早衙，没有递上。老头儿猜得挺准，一踏进家门就吃了杨素珍不软不硬两句埋怨。话是对干娘说的，却是说给宋士杰听的。“我不是他的亲生女儿……那时酒也不吃了，状子也早递上了。”宋士杰暗暗点头，这个干闺女是个好样的，凭这两句话，就看得出她是个有心胸、有机变的，不怕见官，吃得住衙门口的堂威。

衙前击鼓，把顾读从后堂催了出来，一肚子火。这位现任道台虽然没有看见过宋士杰本人，可是耳朵眼里早装满了宋士杰的故事，听说这老头儿早给前任革掉了，没想到越衙告状的孀妇就住在他的家里。顾读吃了一惊，这不明摆着是包揽词讼么！一见面，顾读就吼：“宋士杰，你还不曾死？”这头一句话就不免扯得太远了，与诉讼程序、本案案情毫无干涉。宋士杰心里明白，这是他过去的名声引起的后果。只要是官，大概总是盼着他早点死了的好。这样的人活在世上对他们的事业不会有什么好处。

“干女儿不住干父家，难道叫她去住庵堂寺院！”

“干父不保干女儿，你们哪一个敢保？”

就凭这两句话，就把顾读的嘴堵住了，也使杨素珍长了见识，她搀了宋士杰走出衙门，悄悄在他耳边说：“你这两句话回答得好!”宋士杰向她笑笑。

宋士杰开的店地点不错，可是生意并不好。这座店在信阳州西关门外，是进城的必由之路。不过客人不多，只是偶有一两个来不及赶进城去的客商才在这里投宿，第二天一早就又匆匆走了。这对他们老两口倒正合适。虽然开着店，却又清闲。老头子喜欢跟客人搭讪，接进店来，倒洗脸水，点上灯烛，端来汤水以后，就闲闲地说起路上光景、买卖行情、年成好坏，以至各地的新闻、家长里短，他都是有兴趣的。也有的客人不喜搭话，饭罢洗脚，吹灯上床。秉性各别，不足为异。一天傍晚，来了两个客人，上蔡县口音，公人打扮。两条汉子抬着一只不大的酒坛子，却走得气喘吁吁，一直抬进上房，放在桌子中间。要了一壶酒，就关门了。宋士杰是个老江湖，一眼就看出这两人来得尴尬。他们抬的估计是贺礼，生日满月都有送酒的，不过送礼总得成双，一坛酒不过三五十斤，一个人挑两坛正合适，却没见过两人抬一坛的，又那么沉，压得龇牙咧嘴的。宋士杰送酒壶进去，放在桌上，退出来时，又听见坐在上手的叹了口气，说:“酒，酒可是好东西。”另一个接着说:“酒、酒、酒，终日有。有钱的在天堂，无钱的下地狱。”宋士杰虽只听见了这么两句，但已十拿九稳，这里面定有文章。吃衙门饭的见多识广，什么伤天害理的事没见过，如今又叹气，又吟“诗”，可见非比寻常。

宋士杰吃准这两人到信阳州来办的事，和他干女儿有关。当晚，他蹑手蹑脚地进了上房，从醉倒在床的公人怀里摸出了一封大红封皮的信。这一切他都干得十分干净、利落。刑房书吏照例都会这一套，而且明白所做的每一手脚应得的罪名，这都在《大明律》上明明白白地写着。喷上水，揭开书信的外封，然后再恢复原状，不落一点破绽，那更是一个书吏必须掌握的技术。没有半个时辰，一切都已弄得清清楚楚。

过两天，宋士杰又陪了杨素珍到道台衙门听审。出发之前他就料到了那结局，不过他一个字都没有跟干女儿说。明知道她得很有一场苦吃，上刑具、屈打成招、收监定罪。不过他知道，他这个干女儿是好样的，准吃得住。这件事看是闹大了。插手的有一位现任道台顾读，一位县令刘题，一位没有上任的巡按御史田伦（就是杨素珍的嫂子的哥哥）。这三位都是同年进士，是一根线上拴着的三个蚂蚱。宋士杰一边给杨素珍打气，一面盘算着下一步棋该怎么走。他仿佛看见眼前有一张大网，当中坐着三只而不是一只黑蜘蛛，他们现在就正向这网里走去。他看看身边默默地走着的杨素珍，这个被逼得无路可走只能钻进网去的年轻女子，秀美的眉头凝聚着沉重的忧愁和愤懑，可是她的脚步是坚定的，是义无反顾的。

宋士杰在堂口等着上了刑具收监的杨素珍。他安慰干女儿："你放心去吧，用不了多久，都有干爹我哪!"

宋士杰闯上堂去提出抗诉。他明知这是愚蠢的冲动，在这地方能讨得到公道么！可是他控制不住自己。出口恶气也是好的，何况也吃不了大亏。但他还是估计错了，他挨了顾读四十大板，打的他"欺官傲上"!

挨完板子，宋士杰挣扎着给顾读"谢责"。这是规矩，坐在上面的总是正确的，跪在下面的被打屁股、上夹棍，甚至杀头，不论是非曲直，一律得表示感谢，因为这一切都是对蚁民的“爱护”，“爱民如子”嘛！

“宋士杰，我打得你可公？”顾读问，嘻嘻地笑，露出了一口白牙。

“不公。”宋士杰咬着牙回答。

“打得你可是？”

“不是。”

“不公也要公，不是也要是。”顾读做出了不容讨论的总结，又说，“从今以后，你要少来见我，再来，定要你的老命！”

“还说不定是谁要谁的命咧！”宋士杰挣扎着挨下堂去，他小心地整了整衣衫，拍去了尘土。那天晚上，他觉得这回是有几分把握的，他要为干女儿，也为自己复仇！

田伦、顾读、刘题约齐了到察院衙门去迎接在此下马的按院大人毛朋。毛朋是新任带着御赐“尚方宝剑”的钦点八府巡按御史。田伦是江西巡按，丁忧在家，还没有到任；顾读是信阳道台，刘题是上蔡县令。四人官职有大小，却是同榜出身的进士，也就是同年。

按院大人已经坐在堂上，田、顾相陪，刘题官小，还站在外面探头探脑地伺候。宋士杰一早就来了，他的状子已经递上，等候着传唤。他看见田伦、顾读都被请进了大堂，刘题候在堂口。宋士杰看过《登科录》。在衙门口吃公事饭的人没有不熟读《登科录》的，谁跟谁是同年、同乡，谁是谁的先辈、座主、恩师……这些在《登科录》上都写得清清楚楚。吃衙门饭不弄清这些错综复杂的关系是不行的。宋士杰的一张状子告了三个官，田、顾、刘都是一根线上的——同年，这是一条硬证，可以说明他们“密札求情，贪赃枉法”的可能性，不过毛朋是不是也拴在这同一根线上呢？吃不准。

宋士杰等得心焦。他看见刘题也被请了进去，这就更增添了自己的疑虑，这根线是不是已经拧在一起，而且越拧越紧了呢？这不安直到刘题被剥掉冠服擦着汗从上面下来以后才减轻了几分。

顾读也走出来了，一眼就看见了宋士杰，向他招手：“此番去见大人，当讲则讲，不当讲，不要胡言乱语！”顾读压低了嗓子。宋士杰看看他，嘻嘻地笑：“当讲的要讲，不当讲的么，呵呵，也要讲它几句。”这时，宋士杰心里更踏实了些，他开始看清风是向哪面吹了。

出乎意料，按院大人当着两位被告的官员，开门见山地要他说出上控的细节。这可是少有的局面。田伦、顾读挤眉弄眼，虚声恫吓，宋士杰只当不看见，他说出了“该讲”和“不该讲”的一切，还拿出连顾读也不知道的田伦密札的抄稿，向堂上展示了他抄下原信的衣襟。

毛朋到底还是照顾并维护了两位同年的面子，不肯使原告亲自看到他们是被怎样处理的。宋士杰被吩咐暂时下堂等候发落。顾读又悄悄跟了出来：“宋士杰，回来，你好厉害的衣襟！”

“大人，你好厉害的板子！”

“嘿，回得衙去，我定要你的老命!”

“哈哈，你还回得去吗!”

宋士杰说得不错，顾读和田伦都没有能回去。

宋士杰抱着杨素珍哭。他觉得仿佛是在做梦。他这个老头子为什么平白被充了军？杨素珍真是自己的骨肉么？……好像他是第一次过细想这些问题，一时竟自回答不出。

他还有更大的疑团。官司是打赢了，赢得干净痛快，毫不费力，一张状子告倒了三个官。这是“奇迹”，根据几十年衙门口的经验，这种“奇迹”的出现几乎是不可能的，“史无前例”的。世上果真有这样的“清官”么？宋士杰对干女儿说出了自己的怀疑，指给她看端端正正坐在堂上的“清官”。她的眼睛睁得很大、很圆，半晌，她失声地告诉干爹，这位“清官”很像在柳林中相遇还为她写了状子的那个算命先生，不，不是“很像”，简直就是他。

宋士杰问：“看准了？没错？哈哈，我的充军充不成了!”

现任官吏为黎民写状是犯法的，在《大明律》上清清楚楚地写着。宋士杰知道，毛朋也知道。一个是打抱不平，一个是好心犯了错误。“清官”也不是丝毫不能通融，也懂得“灵活”。宋士杰终于没有充军。

杀家

入夏来一连晴了半个多月，渔村里家家抓住这好天气，在河滩上补缀渔网。水落下了好大一截，碗口大小圆圆的卵石露出了水面，布满了浅滩，树起了一根根粗壮的竹竿，网就挂在上面。补网的都是老头子和年轻的姑娘媳妇，青年男子却一个都不见。她们一面做活，一面嬉笑说话，兴致极好地谈论渔村里新近发生的小小新闻故事。故事是永远说不完的，不知不觉，已经到了红日衔山的傍晚，陆续有人收网回家烧夜饭去了。

江面上布满了耀眼的金光，正像鱼儿身上的鳞甲。天上有大片的火云，江水被烘得微微发红。远远港汊深处有好大一片垂柳，一多半长在水里，水落处露出了长年浸得发黑的树身、枝干杈桠，格外显出一种倔强的神态。岸边柳荫下系着一条小船，仿佛故意躲开人群远远的，船上只有两个人，他们是父女，默默地收拾着鱼叉鱼网这些东西，舱底睡着十来条半尺来长的鱼儿，这就是他们辛苦了半日的收获了。

“爹爹——”女儿看了老父满脸的疲倦，想说什么，却又咽下去了。老人回过头来，草笠下角露出的蓬乱鬓角花白了，但双眼依旧闪烁着光，不像是普通打鱼人。他望了一眼女儿，头上是一顶编织得精巧的小草笠，拢起了满头漆黑浓密的秀发，鬓角边插着一朵野花。老人的目光变得柔和了，依旧回头收拾手中的渔具。

“桂英，等会子取几尾鱼收拾了，我要喝两盅。”

“爹爹，”女儿到底还是忍不住说了，“辛苦了半天，就这么十来条鱼，卖得了几文，这河下的生意……”

“洗手不干，还不容易。”可是，萧恩发觉自己的口气不知怎的又粗起来。这是他的老毛病，多年来一直强迫自己收敛，人前人后，装成一个安分的老头儿，不过在女儿面前，还是做不到，时时会露出“故态”。每逢这时，他总是要产生一种惭愧懊恼的心情。

桂英默默地拾起了几尾鲜鱼，走到后舱去了。

“爹爹，岸上有人喊你!”女儿在后舱口喊。

萧恩从沉思中惊醒，果然听见远处有人在唤；眯起双眼看去，岸上站着的是李俊和另一位不相识的中年汉子。萧恩高兴起来，实在很久以来，没有看到来访的老友了。

在这个小小的渔村里，萧家是个独门独户、离群索居的人家，平常与村民几乎没有什么来往，人们只知道他是个脾气和善的老头儿，他的年轻女儿也从不与女伴混在一起。没有谁说得出老头儿的来历，说起河下网上的生活，好像也看不出是一位世袭的渔民。他家里从来就少有登门拜访的客人。这样，李俊的来访，就使萧恩感到了意外的高兴。

放好跳板，萧恩招呼客人上船。不相识的大汉紧跟着李俊踏上船头，脚一滑，猛地抓住萧恩的手臂，不料早给稳稳地托住了。两人相对，彼此一笑。李俊顺便给他们做了介绍。

“老英雄!好臂力!”倪荣很知道萧恩腕下的分量。

“老了，不中用了!”萧恩笑笑，一面睇着李俊。心想自己的往事李俊必已告诉了倪荣，也用不着再做保留，在将女儿向两位叔父引见时，顺便说出了她的未婚夫婿，“花荣贤弟之子——花逢春”。

“倒也门当户对!”客人同声说，彼此又相视而笑了。

短暂的会晤、谈话，顿时带来了非常的亲密和融洽。萧恩真的高兴起来了，吩咐女儿安排酒盏，宾主在狭小的船头坐下，难得说笑话的萧恩提出了一条“酒令”。打鱼人家忌讳的是干、旱二字，饮酒中间，有谁露出了这字眼，“不敢说罚，要敬酒三杯”！说笑间他们吃尽了手中的第一杯酒，当倪荣向萧恩亮出空了的酒盏时，还是说了声“干”，萧恩笑着给他添上罚酒，这时倪荣眼睛一闪，依稀看到岸上有谁探头探脑地向后舱觑望，他一手盖了酒盏，说：“萧兄，岸上有人！”

萧恩跳上岸去，把一个鬼头鬼脑的问路人打发开去，默默地回到船头。倪荣听说是个问路的，冲口说道：“哪里是什么问路，分明他是……”

“谅他也不敢！”李俊赶紧压下了倪荣的话。萧恩不作声，觉得肚皮里好像又有什么东西按捺不住涌上来了。

“什么时候才能躲开这讨厌的地方呢？”萧恩不说话，他的这种考虑也不是一朝一夕了。隐姓埋名来到这江村，已经有了不少年头，女儿也已逐渐长大。老人不情愿女儿真的成为一名渔家姑娘，一直幻想着她应该走得更远，去过一种另外的日子，可是这一切看来又是十分遥远的。老人就是这样一直怀着对爱女负疚的心情。

李俊推开了面前的酒盏，告诉主人说酒已够了。

萧恩又被叫上岸去，这次来的是丁府派来催讨渔税的家奴。李俊、倪荣在船头听了他们的全部对话。这是一宗既非国税又无法令根据的税款，须向当地土豪丁府缴纳，全凭本县当堂所断。这是使他们听了吃惊的“新闻”，也绝不是他们弟兄这般人物所能理解、忍受的，可是出奇的是，他们又确实听见萧恩委婉的回答：“这几日天旱水浅，鱼不上网，改日有了银钱，送上府去。”

丁府的家奴给这两句好话打发走了，不过又立即被李俊、倪荣叫了回来，各自“嘱咐”了两句。他们很不满意萧恩，埋怨他了：

“萧兄为何这等懦弱！”

“他们的人多。”

“你我弟兄人也不少。”

“他们的势力大啊！”

“欺压你我弟兄不成！”

看来他们是很难说到一起去了。李俊、倪荣依次将家奴叫了回来，要他给县官传话取消缴纳渔税的成命，不然，“就要对他有些不便”！这是李俊发出的警告，到了倪荣口里，警告就成为“大街之上，撞着于俺，俺要剥他的皮，抽他的筋，挖他的眼睛，泡烧酒喝”！

萧恩想劝阻，想息事宁人，但终于未能阻止这场风波。他知道，家奴回去必然如实汇报，加油加酱也在意料之中，这是会引起麻烦的。但他还是为自己有着这样的朋友而感到骄傲，他仿佛又回到了多少年前的那些日子。“你我弟兄人也不少。”是的，这是实在的，在习惯于安分守己、委曲求全的萧恩身上，似乎又找回了久已失却的当年旧梦。送别了朋友，父女俩收拾了盘盏，解开缆绳，缓缓摇了小船向家中驶去，萧恩像在梦中，脸上一直浮着微笑。

“爹爹，方才这两位叔父，他们都是甚等样人？”女孩子看了刚才的一幕也有点觉得新鲜、激动。她奇怪爹爹竟有这样的朋友，又奇怪爹爹今天的精神怎么特别好，他已经很久没有这样自顾自地微笑了。

“你问的是他们么?”萧恩手里不停地划着桨，仰面望着天边落日留下的大片晚霞，像做梦似的说，“他们啊，他们是闯荡江湖的英雄，是爸爸的好朋友，他们满可以做大官，穿蟒袍，骑大马，可是他们不情愿，回来了，还是在江湖上飘荡，他们没有忘记爸爸这个老朋友，这才是真正知心的朋友……”

老人像在梦幻中呓语，声音迂缓而轻飏，小船在水面上轻轻地漂，桨声细碎而匀称，仿佛是给老人的独白安上了节拍。芦苇丛中忽地惊起了一群水鸟，回头看时，一轮清冷晶莹的满月已经在东方升起了。

丁府上端端正正坐着丁员外。员外生得方面大耳，天庭饱满，地阁方圆。因为一天到晚坐在厅堂正中的太师椅上，不大活动，少见日光，因此脸上总像缺少血色，而且显得手脚迟钝。在乡下人看来，就是庄严端重，很有些威风煞气了。这类人一般称为乡宦，过去在朝廷上总担任过某种大小官职，一旦告老还乡，在地方上就形成一种势力。历任官府到任之初都来拜谒，随即结成亲密的同伙，彼此仰仗着各自的威望权势，经营着种种有利可图的事业。例如这渔税，就不见于朝廷的税法，只是在“靠山吃山，靠水吃水”的原则下，员外与县官的创造。员外不便自己出面，给蚁民一巴掌也会弄脏老爷的手，那就得不偿失了，因此，身边照例站着一位师爷，他是出谋划策的，他的主意也就是员外的主意；堂下还有家奴，这才是真正深入民间执行任务的角色。此外，负看家护院保卫责任的武装力量也是不可缺少的。就如这丁府，重金礼聘了来的就有一位教师爷，他手下还有一群徒弟——打手。这一群也是地主庄园万万不可缺少的，他们的任务是使乡下人老老实实，不敢“蠢动”。

丁府的家奴向员外汇报了催讨渔税碰壁的经过，员外细细听了，特别嘱咐师爷记下两个拦腰跳出来的家伙的名字——“混江龙”和“卷毛虎”，好人能有这种绰号吗？萧恩结交匪类，他虽然说过两句好话，自然也是假的了。师爷心领神会，决定双管齐下，妥善安排。动用教师爷带着徒弟前去问罪；同时通知县衙，做好布置，密切注视事态的发展。“混江龙”和“卷毛虎”的出场是不能掉以轻心的，这有可能是一场更大风暴的信号。

萧恩心里乱乱的。昨夜船头款待李俊、倪荣，并不曾喝多少酒，与他日常的酒量相比，实在远远说不上尽兴，但竟沉沉地醉了，真是可怕的衰老；倒在床上，一夜做了许多乱梦。李俊他们劝他歇了这河下的生意，还答应送来接济的银米，这使他感动；可今后的日子能这么平稳地过下去么？李俊、倪荣又在丁府家奴面前说了许多粗话，看情形是闯了不大不小的祸，那奴才回去必定搬弄是非，看来几句空洞的好话是应付不过去的，要来就让他来吧。最使萧恩心烦的还是身边的女儿。桂英一天天长大起来了，十多年来父女相依为命，一时哪里离得开、抛得下。可是女孩儿到底长大了，也越来越像个渔家姑娘，可她不能永远住在渔村里……近来一直缠绕着他的念头真是赶也赶不开……

萧恩从床上爬起来，披了件外套，踱出去把柴门开了，看看天色，又回到草堂中坐下。桂英见爹爹起床，斟好一盏茶，用茶盘托了，轻轻地走来递在爹爹手边。萧恩接了茶盏，瞥见女儿纤细的手指，顺着手腕向上看去，装束俏丽的衣衫，轻盈精巧的竹笠，一脸娇憨的笑，又引起了心头的怅惘，叹了口气："你早没了母亲，爸爸又不会调理，看你这身打扮，简直就像个渔婆！"

"渔婆又怎么了！住在渔村里不就是渔婆吗？渔婆打扮起来……"桂英抚弄着鬓边的野花，正想说什么，这时忽然看见老人严厉的眼色，就咽住了。她实在不明白爹爹为什么这阵子总是反对自己渔家打扮，却知道不应惹他生气。"女儿听爹的话。"她抿起嘴唇，接了茶盏，回到屋后去了。

"萧恩哪！"有谁在外面喊，桂英赶出来开门，被萧恩拦住了。

萧恩在门内细听外面的动静。

丁府上教师爷的诨名叫"左铜锤"，是被重金礼聘来的，手下还带来了一群徒弟。他的任务是"看家护院"，说得明白一点就是关起门来，带着徒弟在后院"练功"、吹牛、喝酒、睡觉，倒也十分清闲。除了这个"家"和"院"，大门以外的事向来是一概不管的。今天这次特别出差，还是看了师爷的面子勉强应承下来的。师爷说过："只此一遭，下不为例。"打听下来萧恩不过是个糟老头子，平时也还安分守己，这才磨磨蹭蹭，日上三竿才来到萧家门口，带的下手不多，只不过十来个人。

教师爷看见萧家的柴门关着，“不在家么?”顿时就要下令回去。后来经过徒弟的分析，门关着而并未上锁，打鱼的鱼网又晒在那里，这都说明主人坐在家里。谁来叫门呢？在徒弟们的请求之下，师父表演了示范动作。教师爷在柴门前面，摆出了一副骑马蹲裆的“拦门式”，他伸出一只手臂，像门闩似的杠在门前了。他向徒弟解释那要领：“他不出来便罢，要是一出来，我这上头一拳，底下一脚，他就得趴下。”他颤了两下身子，眯起了眼睛。这时，萧恩开门出来了；也正在这时，教师爷像给一阵旋风卷了一下似的，坐在地上了。

“是哪个?”萧恩向门外望去。被徒弟扶了起夹的教师爷，这时看清了萧恩确是一个糟老头子。教师爷带来了“朝廷的‘王法’”，也就是锁犯人的铁链条，或照他的解释：“这是你姥姥怕你长不大，给你打的百家锁。”教师爷跟徒弟仔细商议了，这老头子像根牛皮糖，说来说去总是“天旱水浅”那么两句话，没有结果的，总得“请”他到丁府上走一趟。师爷交代：“只要看准‘王法’套上了脖子，你们就牵了走！用不着啰唆。”

教师爷把“王法”藏在身后，凑上去和萧恩搭话：“萧恩，跟你要钱没有，你瞧这是什么!”顺手亮出了“王法”，就势一抖。萧恩轻轻接过来向外一推，徒弟们拉了就跑，教师爷踉踉跄跄地被拖到墙角里。

教师爷埋怨徒弟们不长眼，全不管锁的是谁。徒弟们反唇相讥，说明明是锁的萧恩，可“王法”怎么套上了师傅的脖子，快得使人眼花缭乱，难以看清。商议的结果，糟老头子不大好对付，还是来软的也许有把握些。

教师爷凑到萧恩面前，先是一串干笑，恰似一头快活的山羊。

“哈哈，我说萧老头儿，没您这样的明白人啦！我们爷儿几个奉命前来催讨渔税银子，这就叫‘上命差遣，概不由己’。这么办，甭管有银子没银子，您跟我们过趟江，见见我们员外爷。给不给在您，要不要在他，就没有我们爷儿几个的事啦。您瞧怎么样？”

萧恩一直冷静地应付着。要来的终于来了，要紧的是自己站得稳，不后退一步，也不多走一步。教师爷这样的人物，也看得多了，不足道的，可怕的是站在他后面的那些人。事实证明，李俊、倪荣说的那些粗话，确是惹来了麻烦。硬的、软的都来过了，底下来的该是什么呢？萧恩像是被逼到了河边，明知最后免不了踏到水里，但始终不肯放弃站在岸上的希望与努力。

“话么，倒是两句好话，只是可惜。”萧恩按捺着胸中涌起的愤懑，怎样谢绝这“邀请”呢？他沉吟着。

“你二大爷没有工夫。”

“软硬不吃！”教师爷同样也感到走投无路了。

听说要打，萧恩的精神一振，像一下子被解放了似的，他想起了自己的童年，不由笑起来：“老汉幼年间听说打架，就像小孩子穿新鞋，过新年的一般！”他还没有放弃控制自己的努力，“如今哪，老了，打不动了。”

这又能有什么效果呢？最后还是交了手。先是把一群徒弟赶跑，剩下教师爷一个人。萧恩住了手，他是有些“残忍”的，像捉到一只老鼠的猫儿，一时并不忙于咬死，却慢慢地、带着恶意地“欣赏”他怎样挣扎、发抖、反扑……总之要他拿出一切“本领”来。萧恩从容地观赏了教师爷的尽情表演，直等桂英拿着竹板从后房赶来，才把教师爷轰走。

“爹爹，孩儿打得可好？”桂英高兴极了。

“打得好！”萧恩说，“只是这一打，可打出祸来了！”

萧恩是筋疲力尽了，并非打得吃力，正像他自己说的，“大战场小战场见过了许多”，眼前的教师爷和他的一群徒弟又算得了什么呢？可是他真的感到非常地吃力了。他曾尽力控制自己，无效；他原想口下留情，可是到底忍不住叱责了这一伙“奴下奴”。他还从未见过如此丑恶的一群“狗”，世间只有打虎的英雄，哪里来的打狗的好汉，萧恩不能不感到非常吃力了。

萧恩看着满脸都是笑的女儿，叹了一口气。

“那，爹爹，”桂英从老人脸上看出了事态的严重，“可怎么办呢？”

萧恩没有回答，只是伸出手去。桂英怯生生地信手把竹板递过来，萧恩“咳”了一声，说：“糊涂孩子。”

萧恩要女儿取来进城才穿的衣服，告诉她说要过江到县衙里去告状。

“爹爹劳累了，明儿再去吧。”桂英想劝住老人。

“这就赶去，还怕来不及，哪里等得到明天？”

老人一手抢过了叠得整整齐齐的上衣，桂英眼睁睁地看着他踏出门去，头也不回地向江边赶去了。

家中只剩下了桂英一个人。整整一个下午，没心思地收拾着堂屋里的几件家具，打扫院子，拾掇晚饭。她好像是在做梦，仿佛看见老父过了江，来到衙前，在公堂上回话。坐在正中的是一位面孔圆圆的和善的官，问了事情的经过，抚慰了几句，就宣布从此豁免了额外的渔税陋规……她闭上眼睛，脸上浮出平静的笑。猛地睁眼，小院子里已经照满了斜阳，她不知道是第几次又开门走出，向江边瞭望，依旧盼不来自家小小的渔船。江面上空空的，连一片帆影都不见。

一直到快上灯的时分，才看见猛地推开了门，一手扶了门，大口喘着气站在那里的老父。桂英赶上去，刚接过了上衣，萧恩就一下子沉重地倒在女儿的臂弯里。

桂英吃惊地、伤心地听老人叙述了告状的经过。和她的梦境相反，坐在上面的官，没有问一句情由，一开口就是扯下去打。打了四十大板以后就被赶出门来。

桂英一下子哭了出来。她睁着模糊的泪眼，无言地盯着老父像要冒出火来似的双眼，她不知道说什么才好。她知道老人的性子，这时劝不得，燃烧着的沸油，用水是浇不灭的。

半晌，萧恩又低低地说：“这还不算！”

桂英吃惊地按住老人颤抖的双肩。

“打过以后，那堂上的狗官又吩咐，要我连夜过江给那丁家的老贼赔罪！”萧恩像是对着面前空落落的堂屋述说，奇怪的是他竟像叙述旁人的事似的那么平静。

“爹爹，你还要过江去么？”

“怎么不去！”萧恩脸上浮出了一丝狞笑，“我恨不得现在就去，我真想肩上有一双翅膀，用不着船，就这么一下子飞过江去，飞到丁府……”老人的声音轻下来了。聪明的女孩子早就明白了父亲的心，她做了一个手势，蹑手蹑脚地走到门口，开门，伸出头去向四周看了一转，外面已是一天月色。转身回来，她的眼睛里露出了从未有过的坚定神色，悄声问：“到丁府去……”

“我要杀，杀他的满门。”

桂英把戒刀裹在外衣里面，递给父亲时，她的手在发抖。她迟疑着，怯怯地说：“爹爹，你真的要去？”

萧恩一把夺过刀来，颤颤地站起，厉声道：“你留在家里好好看守门户！”他头也不回又大踏步走出门去，刚掩起柴门，就听见女儿在后面轻轻地叫。

“什么事？”萧恩回头问，声音中含着愠怒。

“我也想跟爹爹一起去。”

“爹爹是去杀人，你跟着干什么？”

“孩儿虽然不会杀人，站在爹爹身边，壮壮胆量，也是好的。”

萧恩一下子答不出话，他打量了一下纤弱但却英挺的爱女，看见她那充满惊疑的依依眼色，只觉得眼中辣辣的，他定一定神，有点高兴了，他轻轻点头，觉得这才像是萧家的孩子。他又打量桂英："你真的有这胆量？"

桂英咬紧了下唇，睁大了眼睛，深深地点头。

"好！那就把你的衣服和刀拿来！"萧恩斩钉截铁地说，"还有……"桂英停步，听他缓缓地说："把你婆家送来的聘礼——庆顶珠也一起带上。"

桂英回房收拾的当口，萧恩独自盘算着什么，他微微地颔首，自言自语地说："一起去么，也好。"他为自己适才一时冲动，要撇下女儿一个人去复仇的莽撞而失悔。此时，他终于发现，女儿真的已经长大，已不再是娇痴的弱女，已成为老父真正的助手，生死与共的伙伴了。

桂英夹着几件衣服卷起的扑刀，默默地从后房出来。父女二人没有话，缓缓走出房门。桂英突然又停下来，怯怯地说："爹爹，门还没有关呢。"

萧恩回头，嘴边流出一声轻微的叹息，他满眼怜惜，望着女儿。她这是第一次踏上严峻的人生道路，像刚出窠的幼雏，显得多么稚弱啊。"这门么，关也好，不关也好。"萧恩淡淡地说，他不想直白地说出此行可能的结局，只希望女儿能自己领会。不料桂英接下去说："家里还有许多动用的家具呢。"这就使萧恩再也按捺不住："这家都不要了，还顾得上什么动用的家具！"话刚出口，萧恩又生悔不该这样严厉地斥责，"唉，不知轻重的冤家！"

桂英忍不住"哇"的一声哭了出来，赶上两步一把扶住老父。他们走到江边，找到自家的渔船，解了缆，跳上去。桂英暗中摸索爬到后艄，摸着舵把，她抓到了一手冷凉。小船缓缓地离开了岸，四周一片黑暗、静寂，只能听见水面拍打出轻轻的桨声。

远了，远了。他们的家、柴门、草堂，渐渐都变成了一撮朦胧的暗影。

萧恩只嘱咐了一句："黑夜行船不比白天，舵要掌稳!"小船就向江心驶去，再也没有了话。萧恩向前面望去，一片墨黑，对岸远处，闪烁着错落的稀疏灯火。他们这只小船这时正向这无边的黑暗行进。萧恩心头有一片火，多少年来，这火已几乎成了将灭的余烬，现在又重新点燃了。萧恩有些激动，他在暗黑中狞笑，他想，这点火，能照亮沉沉黑暗，烧掉敌人的巢穴，把对岸变成一片鲜红的火海。

"爹爹，"船尾又传来了女儿怯怯的声音，萧恩静下来谛听，"这杀人是真的还是假的?"萧恩心头又涌起了烦躁，赌气不去回答。"孩儿心里有些害怕。"

"怎么，不要你来，你是一定要来。如今船到半江，你又不想去了。"萧恩用力划桨，拨转船头，"我送你回去!"小船在江心艰难地打着回旋，半晌，萧恩发现，桂英正拼命将船头重新拨正。"孩儿舍不得爹爹!"撕裂心肺的尖声哭喊，萧恩一下子住了手。他一时不知道该怎么办，泪水一下子从老眼中涌出来。

过了没有好久，鲜红的火苗，真的从暗黑的对岸迸发了，很快地变成了一片火海。

在走进丁府之前，他们父女曾有过这样最后的对话：

“庆顶珠[1]可在身旁?”

“在。爹爹问它做甚?”

“万一不测,孩子,你就从水路逃往花家去吧!”

“爹爹你呢?”

“我么,孩子你就不用管了。”

---

① 庆顶珠是花荣给桂英的订婚聘礼。据传这是一颗宝珠,有分水的功能,带着它可以在水中自由行进,如在岸上一样。《打渔杀家》另一个名字就是《庆顶珠》。

铁弓缘

离城三里，官道两侧是一溜平房，吃食店、打铁的、卖菜的、十鲜果品各种店铺都挤在这儿。酒店门口挑出了一张酒帘儿，卖肉的屠户光着上身站在案子后面剔骨斩肉。这是有百十户人家的一处市井。离城近，又正好在去东岳庙的半路上，每逢初一、十五有庙会的日子，游人经过这里，多半想歇歇脚，喝口水，因此也格外显得热闹。

这天正好是进香的日子。太阳刚钻出地面，小铺子里就陆续有主顾上门，早市比往常儿乎提早了两个时辰。

市梢尽头有两间平房，茅草盖顶，墙上新涂了石灰，屋外接出了一截席棚，使小院子格外透出阴凉、沉静。向里屋望去，黑黝黝的。席棚上角照例也挑出了一面青布店招，上面却写着“豪杰居”三个斗大的字，与小茶馆的身份似乎不大相称。席棚下面随意摆了四五张白木茶桌，两间后房里整齐地设着茶座，那无疑就是雅座了。天热，人们还是喜欢坐在席棚底下，一面吃茶，一面也能看看官道上的过往行人和左邻右舍的动静。

小茶馆只母女两人招呼主顾。娘有五十出头年纪，正坐在临街的一把椅子上，扇着扇子跟收拾着茶客丢下的茶壶茶碗的小姑娘说话，有一搭没一搭的，不知怎样一来，母女竟拌起嘴来。

“娘，真讨厌！天天有那么些不三不四的喝茶的跑来啰唆。他们不是喝茶来的，是……”

小姑娘缩住口，只是赌气埋头收拾桌子，扫地，调排桌凳。娘不搭腔，看着女儿微笑。娘明白，为什么近来小茶馆一天比一天热闹；娘也明白，女儿一天天长大了，遇事总有她自己的判断、反应，娘是过来人，可是也不能完全摸得出女儿的心事。娘的眼睛随着女儿身上转。青布衫裤，浅蓝围裙，围裙边角绣出的精巧艳丽花样，浓黑的头发挽起了双鬟，鬟角簪着一朵大红的石榴花，就是这石榴花，不知什么时候又被她移到了围裙上面。

“娘，你怎么不说话啊!”女儿话里带着不满和任性，“刚才那伙流氓混混，我是不想招呼了。一个个贼眉贼眼的，一看就不是好人，往后来了这种客人，还是你来张罗。”女儿斜了眼看娘，可是娘还是不声不响。

“孩子，咱们开的是茶馆，可不能挑客人啊，让这个进来，那个就挡驾？……”娘的话说得婉转而又在理，简直无可反驳，“可是娘的眼睛还是清亮的，好人坏人是分得清的。刚才那批混混，不就让娘给轰出去了么?”

娘说的就是刚才坐在席棚下面吃茶的那一伙。一群流氓、闲汉捧着个“衙内”——大爷，挑这挑那，不三不四，风言风语，拍桌打凳。娘一看不对，就把姑娘支使开了，自己应付着，幸亏女儿不在身边，要是让她听见了那些话，说不定当面就闹翻了。

“娘明白。”说到这里，娘的口气柔和下来了，“买卖有娘照顾，但凡有什么不三不四的客人，你就不用出来，娘会招呼的……开这么个小茶馆，图的什么，还不是为了你爹留下的那张弓。等有一天有人拉得开，娶了去，娘的心愿也就了了……”娘的话越来越轻越慢，像是梦中喃喃的絮语。娘到底上了年纪，话越来越多了，不知怎的，又总惦记着这张弓。一提起弓，姑娘就再也没有话好说，不敢再撒娇，再黏在娘身上，一溜烟跑开了。

姑娘踅进了后进的“雅座”。这里没有来过客人，用不着收拾。她移步到墙边，雪白的粉墙上挂了一张半旧的山水中堂，画着一个骑马背了一柄宝剑的人在山中赶路。不慌不忙的，天天看，也看不出他到底要到哪里去，什么时候才能走到。画的右边斜悬着一柄弓，乌黑油亮，把手的地方有几处已露出金黄的胎底。这是一把铜胎铁臂宝雕弓，不只古色古香，也实在十分罕见。演武场中早就看不见这样的兵器，其实是再没有人使得动了。姑娘探身从墙上取下弓来，从身边抽出手绢轻轻擦拭，弓上并没有灰尘，弦是新换上的。她天天要取它下来拉几把，因此弓背上还留着淡淡的香气。

“丫头，来沏茶!”娘在外面喊。

姑娘已经回到自己的绣房，懒懒的，等娘叫过几声才长长地应了一声。她从炉子上取下煮水的大沙吊子，顺手抄起一叠青花粗瓷碗盏，走了出来。刚踏进“雅座”，就看见娘让进来的客人，不是一群，而是一位单身的茶客，脸朝外坐在座头后面，她只能看见头巾后面飘拂的两条绣带，这是一位书生。她迟疑了一下，又缩回去了。

她缩在门后听娘和那个书生谈话，从娘的声音里听得出她对这个年轻人的好感。她听惯了娘平常应酬客人说的那些话，从表面的殷勤中间，极容易分辨出那埋在底下的厌倦。可是这次不同了，娘真的是带着非凡的好兴致和这年轻人说话。年轻人说起话来细声细气。两人有一搭没一搭地扯着什么，不知怎么一来，年轻人发现又问起了墙上为什么挂着一把雕弓。这时，娘的精神一振，有声有色地说起了弓的来历、性能和历史。娘告诉那个书生，这弓是去世的丈夫留下来的："他活着的时候，这张弓他拉得开；他死了以后，这一带就再没有人能拉得开了。"这些故事她听过多少遍了，娘近来更是三天两头地提起。每回她总是不耐烦地打断这个听熟了的老故事，但奇怪的是每次听娘说起，又觉得十分新鲜。这是她们母女之间的秘密，不该给外人知道的。她真担心娘说滑了嘴，她真想走出去打断，可是像被钉住了似的，挪不开步，又觉得耳边仿佛轰的一声，就再也听不清娘的话了。照老规矩，下面娘就该接着说："我们当家的生前说过，那张弓他活着的时候他拉得开；他死了就我们小妞儿拉得开。这全城里要再有人拉得开，就是我们家小女婿到了。"她仿佛听见娘真的把这些话全捅出去了，可是又听不真切。人生面不熟的，想来娘似乎也不会这么冒失。这样想着时，她觉得耳根热起来了。

娘不耐烦地催了。她一面答应一面取了一把细瓷壶，加倍放了茶叶冲满开水，又取一只细巧茶盅仔细地洗净、擦干，然后走出去。摇摇的，双脚仿佛踏在棉絮里。

她把茶壶茶杯放在年轻书生面前，忘记了斟茶，忘记了一切，只是彼此打量着。娘见了并不生气，接过了茶壶。姑娘这时看见了娘一脸的笑，飞也似的逃回去了。

姑娘第二次被叫出来。娘说年轻人想领教她三把弓，自己还要陪她三把。

练弓是平常事，哪天她不在后院练会子弓呢。练起来也决不只拉三把，还得拉出种种样式。她能拉着弓下腰卧鱼，双足着地，全身几乎要挨着地面，然后把箭向空中射去。据老辈相传，这姿势是当年后羿射日时留下来的。她不相信太阳也能被射中，更猜不出射下太阳要用怎样的强弓，可是她喜欢这传说。她想她应该射中她所向往的一切，这是有把握的，何况她手里的铜胎铁臂弓也不弱。

她面前只有两个观众，可是觉得好像是站在万人簇拥的教场中间。她伸手去墙上取弓时，好像这弓也平白地增加了分量。她站好了架子，顺着弓向旁边瞄去，可是眼前总摆脱不开盯向自己的眼睛。她只是草草地拉了三下，使弓弦、弓臂成为圆形就放手了。她很不满意自己，她听见自己的心跳和喘息，这是平常练弓时从未出现过的奇怪现象。她放下弓就一头扎进娘的怀里，低声问："这是怎么了，今天我心跳得厉害。"

书生接过弓去，站在她曾经站过的地方，也拉了三把。

她埋头在娘的怀里，只留出一只眼睛，她指指戳戳，咬着娘的耳朵。

“咱们拉弓只用两个指头，可他拉弓是满把拿。这算什么呢？娘？”

“一个师傅一个传授。他有他的好，你有你的好。”娘笑了，在姑娘脸上摸着，只觉得烫手。

她探出头来看娘的脸，看见从皱纹当中漾出笑，看见灰白的头发在晓风中飘拂，她伸出手去轻轻为她梳理。她有好多话想问娘，又不好开口，她在想，刚才偷听娘对年轻书生说弓的历史，偏偏后半重要的部分没有听得真切，不知道到底说完全没有。娘好像早就看穿了她的心思，只是笑。

十三妹

何玉凤提了提胯下的乌云盖雪驴儿，纵身上了山坡。她双手遮在眉端，向前方一片密林望去。随手扶扶头，压了压风帽，理了理背上的雕弓和腰间小巧的倭刀。她张望了好半日，直等喘息稍定，还不见有人从树林中走出，这时她有点焦急不耐了。

这是出京南下的山东大道，她一清早上路就碰上了一行三人，两个贼头贼脑的驴夫伺候着一位年少书生在赶路。她看了一眼，就从他们身边赶过去了，她那匹乌云盖雪的脚力实在要快得多。走了一会儿，不知怎的，心里好像总牵记着什么，不踏实。兜了一个圈子，就在那片树林里又碰上了他们，休息时听见了他们的对话。知道少年书生要赶路上淮阴，两个驴夫嘴里有一搭没一搭地应承着那少年，眼睛却总离不开驴子背上沉重的行李，她一眼就猜出这里面有文章。听他们说起要送一封要紧的信去红柳村，今夜就在前面大路上的悦来店落脚，她就提前上路，打算先到店里去等候。可是直到这时还不见他们离开树林。她心里摇摇的，自己也觉得有点好笑，萍水相逢，哪儿有许多闲事要管，可终于还是甩不开，她几乎可以断定，那少年不出今明就会遭到不幸；她要是扔下不管，就无异是参预了暗害的活动了。

何玉凤在悦来店前下了驴，顺便打量着这家规模不算小的客栈，门前两棵柳树，都有合抱粗细，树身上拴着三四匹牲口，靠墙搁着卸了辕的大车。从大门望进去，是一个大院子，四围一溜客房，后院是马槽、伙房，伙计们出出进进，招呼客人，端饭添水。这时太阳已将下山，是吃晚饭的时候了。院子角落处种着几畦草花，还七零八落地竖着几块不成格局的假石山。掌柜的正拿了喷壶浇花，起身含笑迎着踏进店门的何玉凤说："你是住店的？"掌柜的打量着她的一身打扮、手里牵着的漆黑发亮驴儿，就心里明白了几分。

"我这驴渴了，麻烦您替我饮饮！"她顺手把缰绳递在掌柜的手里，"我么，就在这院子里歇歇腿，再给我沏壶茶就得。"何玉凤顺手拖过一条板凳，靠花畦坐下，顺便打量着几乎住满了的客房。果然，一下子就看见上房的帘子一晃，看见了那个年轻的书生。她明白，他正躲在帘子后面窥探，打量自己，不由得笑了。

何玉凤取下头上的风帽，轻轻地扇着，顺手整了整给风吹乱了的鬓角。她的心有点乱，她这还是第一次被一位青年男子躲在暗处过细地打量。她笑自己，为什么要这样没来由地跟着他，又送上门来给他偷看。自己也说不清，她有点不好意思了。可就在这时，她听见"嗒"的一声，知道帘子后面的门掩上了。一时摸不透那少年的心思，她有点恼，索性把凳子向前移，正面对着上房；她断定，那人正从门缝里往外张，要张就让他张个够。

躲在门背后的少年这时从门缝里看见的是板起脸在生气的何玉凤，他的不安迅速增长。她背后的雕弓、身旁的倭刀，加上那凛然的面色、微竖起来的秀眉，都无疑地为他提供了确证。他虽然见的世面少，只从书本上知道有过红线之类的女侠剑客，也能立即断定，面前坐着的就是这类的人物。

门轻轻地打开，少年挨身掀帘出来，蹑着脚从何玉凤身边擦过，走到花畦旁边了。他是在赏花么，又不像，他是在不住地打量着那几块大大小小的假山石。他卷起袖子，蹲下身去，努力想移动石块。

何玉凤猜不透他到底打算做什么。直等少年叫来了掌柜的，又加上四五个店伙，都无法移动那石头时，她坐不住站起来了。

“是想搬这块石头么?”何玉凤对着石头，侧过脸去问那少年，“想搬到哪里去呢?”

少年吃惊地呆住了，一时说不出话；何玉凤再问时，才伸出手指索索地指着上房：“那边……搬到我房里。”

何玉凤这时才心里明白，少年看上了这块石头，是想用来顶住房门，保护自己，抵御外来的侵袭。这心目中的侵袭者看来就是她这个打扮得异样的女人。人们向她投来的各种各样奇异眼色，她早已习惯了，只是像这少年的举动还是之前未见的。她好笑，又生气，心底暗暗浮起了一种恶作剧的念头。她打量了一下那石头，轻轻俯下身去，抓住石块侧边的棱角，提了起来，她侧转身来向少年做了一个眼色，就径直向上房走去了。

房里只有他们两人，还有那块石头，看热闹的人也散去了。她索性坐在靠窗的椅子上，望着呆立在门角的少年嘻嘻地笑。

盘问一个丝毫没有实际社会经验的阔少爷，比审问流氓地痞以至江洋大盗还要困难得多，但也有趣得多。他吞吞吐吐，躲躲闪闪，随时想运用可怜的聪明掩盖早已露出马脚的真实。他哭丧着脸，步步后退，想弥缝、修补编造出来的“神话”。这种窘迫的神情，支离的话语，都是可笑、可怜、可气的。她几乎一步都不放松，只要他的回答还留着哪怕一丝虚伪，就绝不放手。她盘问时口气是严厉的、无情的，有时也会露出怜惜与安慰。她不明白何以有时会变得心软。在少年男子一方，也分明领会到这种情感上细致的变化，从她放下石头坐着不动，他跪在“女大王”面前求饶，直到他从心底看出又在口中唤她为“女英雄”，这中间确是经历了一个不短的过程。

他分明说得一口北京话，却说自己是保定府人；一个整日不离书房的少爷，却声称是到河南做幕宾的师爷，走的又是另一条山东大道；把随身带着的三千两银子，打了折扣，报成九百两，这也瞒不过她的眼睛。何玉凤一一点出了他这些不老实，动了气，板起脸说：“我瞧你呆头呆脑，性命眼看不保，还敢在我眼前抖机灵撒谎！”

何玉凤起初是为了好奇，才转弯抹角地盘问这少年的身世。当她知道了少年因父亲被诬陷下狱追赔，带着银子到淮阴营救时，又引起了彼此身世相似的感叹。她自己也是黑暗的封建政治的受害者。父亲被迫害而死，她和母亲隐姓埋名逃避仇家的追捕，自己也把何玉凤的玉字拆开，取了一个别致的名字——十三妹，从此在江湖上走来走去。他们本应平安地被关在书房里、绣阁中度过平淡的“幸福”日子，但这时却意外地在这里相遇了。他们因偶然的机会闯入彼此的生活之中，产生了一种奇特的感情联系，产生了一连串传奇的故事。

何玉凤对面前手足无措的少年书生产生了一种不能自已

的同情，觉得有责任给他以帮助。首先是帮他躲过两个驴夫的暗害，然后送他到淮阴，给他凑足追赔的款项，营救父亲出狱。少年被感动了，立即在她面前跪下来。这就使何玉凤十分为难，她不喜欢旁人在自己面前做出卑屈的样子。她愿意去做一切自己想做的事，但不想因此换取任何形式的报答。

何玉凤面对俯伏了的少年手足无措。她正想弯下身去拉他起来，但随即缩住手。这时她又猛地记起了自己少女身份。没有谁看见，但自己知道脸上已经发烫了。她轻轻地从背后退下了雕弓，把弓梢递给少年。

“抓住它，爬起来。”她的声音柔和、婉转，她自己也奇怪，好像是完全换过一个人了。

拜山

窦寨主坐在聚义厅前的金交椅上，任凭金黄色日影洒在身上脸上，一动不动地闭目养神。这是许久以来没有过的事。

在三十年前的一次比武冲突中，窦尔墩受镖客黄三太暗算，被打倒在地。年轻武士的好胜与羞愧驱使他来到这万山丛中的连环套，隐姓埋名，一晃就是几十年。可是他一天也不曾忘记复仇，精神上也一直没有得到过片刻平静。多年来他得不到有关黄三太一星半点消息，无法亲自下山去寻仇较量，这就像胸中总是有一只虫时时啮着自己的心。

皇帝身边得宠的太监梁九公离京到口外来行围射猎了。周围百十里哄传他带来了，不，是捧来了一匹皇帝赏给他的御马。马身上的鞍韂、丝缰……统统都是黄色的；这牲口一天要吃十来斤黑豆，外加粮食草料，比穷哥们的日子过得还舒服；说这畜生能“日行千里见日，夜走八百不明”；有几十名兵卒伺候，为它刷毛、饮水，昼夜巡逻看守……越来越添油加酱的流言使窦寨主的心动了。他觉得这些流言不只荒唐，且更引人恶心。他想开一个小小的玩笑，给皇帝、梁九公们增添一点小小的不快。一天夜里他下山了。他摸进了御营，杀死了更夫，亲手解开了马上的缰绳，只花了短短的时间就驰回了山寨。临行之时，忽地想起这正是一个复仇的机会，就在墙上留下了一行字，把盗马的事和黄三太联系了起来。自己找不到仇人的踪迹，就让皇帝和梁九公们关心、麻烦一下吧。他为自己这点小小的“狡狯”而得意，虽然闭着眼睛在养神，埋在交椅中的壮健身躯也不由得轻微地摇晃起来。

甚至连下山执行任务的大头目被擒这样的报告也没有使他动心，只是吩咐别的兄弟去看看情况并相机救援。终于使他从交椅上一跃而起的是被擒后被释放回来的大头目递在他手中的一张名帖。这就是那个生擒了大头目的十分了得的镖客，现在来拜山了，帖子上写着“浙江绍兴府黄”六个大字。

“这不就是一直找了几十年的仇人么?”他的心一动。

“这人多大年纪?”

“三十上下。”

手中拿着名帖的窦寨主一下子又弛放了下来，懒懒地说：“叫他进来!”顺手把那张名帖扔掉了。

但由于大头目的建议，窦寨主吩咐“摆队相迎”了，迎来了这个年轻、精明，既是“镖客”又是公门的同路人的黄天霸——黄三太的儿子。

黄天霸是经过调查研究与合理分析之后才上山的。窦尔墩盗马时留下的两行字把他的身家性命与这马联系在一起了，找不到马就将导致黄氏家族的灭亡。经过细密的思索，他断定这马即使不在连环套，也必能在这里嗅出它的气味踪迹。

黄天霸是狡猾的，他单身来拜山，不是出于勇敢，而是为了马的安全。调集官兵，团团围住连环套是容易的，可是这要冒很大的风险。在这里，他把御马的安全放到了远远高于自己性命的位置。他依恃的是自己狡猾、应变的才能，他把希望寄托在绿林中人奉为最高准则的江湖义气上面。他和他的父亲都曾从中得到过很大的好处，他深深懂得绿林人物的弱点和怎样加以利用。也正因此他至今还和绿林保持着千丝万缕的联系，并只愿以“半官方”姿态出现。

一见面窦寨主就要拉黄天霸入伙。他据此也立即断定了这位上了年纪的寨主依旧和年轻时一样幼稚，岁月的风霜并不曾磨掉多少旧日的粗豪。黄天霸先是谦卑地辞谢，但并不把话说死，接着就倾倒出全部的热情与好意，说他此来只是为了向寨主奉献一桩好买卖的线索。

“但不知什么好宝贝？”窦寨主的心有点动了。

“乃是一骑宝马。”黄天霸压低嗓子说得那么郑重，那样神秘。

“哎呀，好马俺寨中甚多，也算不得什么稀罕之物。”窦尔墩索然意尽。

黄天霸使眼色，把椅子移到窦寨主身边，咬着耳朵开始吹嘘这是怎样的一匹马，简直是神马，人间无二的，他试图拨动寨主的心弦。他想，御马如真在连环套，他必不能忍受这种撩拨，马脚终究是会露出来的。黄天霸猜中了，他达到了卑恶的目的。

窦尔墩先还捺着性子听这海阔天空的胡扯，等到黄天霸说到这大户人家为了守护神驹，动用了三百名家丁、二百名教习时，真的生气了。他想这和保卫御马的御营又怎能比得！几度踌躇想把话挑明，打断这惹厌的胡言乱语，最后他一把紧紧抓住黄天霸的手腕。

“镖客，你今此来，是真心结交，还是假意交好?”

黄天霸紧盯着寨主闪闪转动的双眸，知道终于可望得到他所需要的东西了。

窦尔墩取得对手廉价的“保证”后，迫不及待地无顾忌地叙述了他夜入御营盗走御马的前前后后。黄天霸这时快乐极了。到底探得了御马的下落，但他还希望能亲眼看到这马，看到它还健康地活着，同时为了深深掩盖心头的惊喜，他满面怀疑地摇着头，痴痴地望着寨主。寨主看了一下这卑微可怜的样子，放声大笑了。

“谅你也不肯深信。”他做了一个手势，站在厅下的小头目立即奔出去，不一会儿，御马已站在面前。小喽啰扣紧了鹅黄色的马缰，用了大力还是制不住马儿暴躁移动的前蹄。

寨主吃惊了。这少年英俊的镖客像着魔似的呆立在马头一侧，半晌没有声音。忽地，他迅速而熟练地甩下了双腕的马蹄袖，先是打一个千，接着就跪了下去。

这奇突的动作使所有的人都为之吃惊了，包括寨主在内，好一会儿才能做出自以为正确其实是错误的反应，“乡下人”!

俯伏在马前的镖客头却深深埋在马蹄袖里，好半晌，他在思索怎样才能从寨主口中探出他在御营中留下题字的真实意图，这位连环套寨主与绍兴镖局黄家之间到底有着怎样一层微妙的关系。

黄天霸倏地站起，直挺挺面对了寨主，冲口说道：

“马是好马，可惜是废物了。”

“怎见得是废物了?”寨主接下去主动地说出了他的盗马并不为出外乘骑，是要借此向一家仇人报复。他忽地记起了拜山的名帖，就向镖客细看。

“俺这家仇人与你同乡……不但同乡而且同姓……他他他就是那飞镖黄三太!”

“三太爷!”镖客拱手。

“老匹夫!”寨主几乎是放声怒斥。

“寨主你此仇报不成了。”

“怎见得?”

“那三太爷他归西了。”

窦尔墩这一惊真的非同小可。“啊!”几十年的隐姓埋名，含耻忍辱，好容易等到了这一天，突然传来的消息，使这一切顿时化为泡影。窦寨主的一声长啸，倾泄的是隐忍了几十年的怨恨，销蚀不掉的血海深仇！他咬得牙齿一片声响，眼睛里喷出了火光：“还有他全家老小!”

窦尔墩很快弄清了这位姓黄的镖客就是仇人黄三太的儿子，非但继承了老子的镖局行当，也传下了叛卖的衣钵。一切都清楚了，他在那畜生面前卑微的下拜，他拜山的图谋……这是不能容忍的。他抓住了黄天霸的手臂：“天霸，小奴才！你父已死，这报仇二字就应在你的身上！”

黄天霸又使所有的人吃惊，他发出了一阵放纵的狂笑，笑得畅朗，这是需要锻炼的，但也听得出其中夹杂着颤音。他说：“我身旁寸铁未带，你们依仗人多，来来来……”窦寨主面对这轻蔑不屑然而虚伪的目光，退却了。他放弃了原有的打算，接受了“平等”的比武挑战，甚至答应在比武失败后要随他去到官认罪。他就这样一步步从退却走向了彻底的失败。

这以后，窦尔墩和他的弟兄们一个个地消失了，最后一起退出了历史舞台。连环套也荒凉冷落，也许是被夷平了，到今天人们也没有发现那遗址。

审头

锦衣卫指挥陆炳在公座上连连拍打着手中的折扇。天气阴沉沉的，大堂高敞而阴森，凉意袭人。陆炳却觉得一阵阵心头燥热，无法抑止。自执掌刑名、管领六曹以来，他还是第一次遇到这样离奇而棘手的案子。

陆炳的任务是审一颗人头，判断这头是否真的属于已被处决的犯官莫怀古。这莫怀古因不肯向严府献出家传的“一捧雪”玉杯，弃官逃亡，不久前被拿获了，连同他的小妾雪艳。莫怀古立即在派出缉捕的严府差官监视下就地斩首。这一切本来是清清楚楚的，但不料却意外地横生出枝节来。

使陆炳更为不快的是坐在公桌一侧的汤勤，他是奉严府之命前来会审的，一个不起眼的小角色。小角色却有大来头，是名义上的陪客，实际的主人。人头的真假，只凭他一句话，使堂堂锦衣卫正堂化为一个傀儡。在陆炳看来这一切都是无法容忍的。

案子刚开始问，人头的真假就已出现了反复的争议。

陆炳询问了几起当事人，包括严府的差官和莫怀古的小妾雪艳，他们的供词是完全一致的。从犯官被捕，直至斩下首级装入木笼，这中间寻不出任何破绽。但坐在一边一直半闭着眼睛的汤勤只消轻轻的一句“假的”，就一下子改变了全局。汤勤微微摇撼着上身，头上的纱帽圆翅也随着一起摆动。在这小角色身上竟蕴蓄了一种邪恶的力，使特务机关头子也无可奈何，这就使陆炳深深地被激怒了。

锦衣卫是由皇帝自己掌握的，也只向皇帝个人负责。赋予锦衣的各种职能与权力，在政府各部本已各有所属，但它却更超然、灵活，凌驾于六曹之上，俨然成为发挥实际统治权力的真正的权力机构。它还为皇帝执行许多不便公开的任务。譬如它属下的“缇骑”就是可以随便捕人、察事、处置，使人人谈虎色变的武装力量。而首相严嵩府内竟也养有“亲军”，能随时派往各地搜捕逃犯，这就大大侵犯了锦衣卫的权威。这汤勤，凭了严爷的一句吩咐，也竟跑到锦衣卫的大堂上来陪审，这其实是骑到自己的脖子上来了。

陆炳心中滋生了一丝邪恶的念头。

“汤大人，你口口声声道这人头是假，难道莫怀古的人头还是什么质证不成?”

陆炳知道汤勤的底细，知道他怎样经由莫怀古的推荐才成为严府的清客，又怎样向严爷告密，说出自己旧主人有一只家传的玉杯……这一切就连陆炳这样的人也为之脸红气短，不过到底见得多了，也算不得什么。猜不透的则是，他为什么要抓住人头不放？他与莫怀古到底有着怎样的深仇大恨？陆炳不由得产生了一种职业上的好奇心。

“莫大老爷头上有两样贵处，前有梅花颚，后有三台骨，那才是真的人头。”汤勤斩钉截铁地说出了他的鉴定依据。这使专管刑名的陆炳也不禁暗暗佩服，竟对自己旧主人的头颅观察研究得如此仔细。可是到底还是摸不透汤勤如此认真的真意，陆炳在沉吟。汤勤知道只凭这样的说明，还不能取信，就进一步坦率地还带着感情地说明了那细节：“当初小官不得第的时节，在钱塘卖字画为生。莫大老爷出门拜客而归，路过我那画棚，他见我那字是正草隶篆，画是水墨丹青。他乃读书之人，有怜才之意，故而将我收留到他家下以为幕宾。后来他进京补官，又将我带进京来。一路之上，同宿旅店，同盆净脸，同架穿衣，同桌用饭，所以么，看得是清清楚楚、明明白白的。”

但陆炳心头的疑问依旧没有得到解答，不过汤勤的一番话倒真正打动了他。说他亲眼看到过莫怀古头上的梅花颚、三台骨，那也不过是说说而已。是真是假并不取决于此。只是汤勤在追述往事时竟是那么动情，说到得意时的手舞足蹈；应该表现感恩知己时，目光是如此柔和，他为人头的可疑的真实性而感到遗憾。木笼中果真装着莫大老爷的头颅时，他大约是不惜抱头痛哭的吧。

陆炳叹息了：“我恨那莫怀古大大地失了眼力，我笑那莫怀古带来带去、荐来荐去，却为自己荐出了一个铁板的干证！”说出了这些平淡但又尖刻的感叹使陆炳感到快意，还希望能多少改变汤勤僵死的态度，他要借这机会落案了。但这时汤勤站起来告辞，要回到严府，向严爷汇报案子审得不清不明。陆炳这次是真的被激怒了，这个无赖是如此地狡猾、僵硬，浑身又长着一层坚实的无耻的硬壳，任凭使用什么手段都无法探得核心的隐秘。你前进他就后退，你止步他也止步，你回到原处时他又前进了。

陆炳大发雷霆，声明自己与严爷一殿为臣，同样做的是皇帝的官，凭什么要像奴才与狗似的惧怕严府的声势。语言激烈，气势夺人，但汤勤立即看出，这一切都是色厉内荏、装腔作势。陆炳追问："那严爷他是狼、是虎?"汤勤回嘴："纵非虎狼，却有虎狼之威!"陆炳说："上有皇天，下有后土。你我居官的?"汤勤回答："良心二字。"

"若无有良心呢?"

"若无良心么……叫天狗吃了他们!"汤勤回答。心不跳，口不喘，紧跟着又咬牙切齿地大声说，"吃了他们!"仿佛天狗已经站在面前了。

陆炳没有话，明白自己终于缠不过这流氓，一败涂地了。偷眼看汤勤时，只见那脸上照样挂着那使人看了糊涂的笑。既非高兴，也非发怒，像假面似的，就这样整日价挂在脸上，使人看了疲倦、不安，摸不透下面遮掩着的到底是什么。

遮得一丝不露的事物是没有的，不是乌云布满的天空，也偶有漏出一线光亮的时候么?陆炳回想，汤老爷的脸也不是没有过变化的，但极细微、短暂，容易忽略。例如，当两次传雪艳上堂问话时，汤老爷就一反常态分外精神，全神贯注，半张了嘴，眼睛随着女人的一举一动一颦一笑而转移，甚至连陆炳的问话也忘记了应付。这样的失态先后竟出现了两次。看来人头的真假、严爷的喜怒、一切的一切都已和这小女人的命运联系在一起，不可分开了。

陆炳经过思索终于掌握了解开全部疑难的钥匙，但又不甘心彻底输在这个流氓、奴才手里，所以在落案时还一直踌躇着，全然失去了平时的决断。

就是陆炳这样的锦衣卫头子，有时还是不能不考虑到人们的议论。要他在落案时公然把莫家的小妾判归汤勤，所冒的风险比杀掉几个犯官或江洋大盗要大得多。其实陆炳取得汤勤的保证，可以放心地落案，不必再为人头的真假担心，还是给了汤勤一次背审雪艳机会的结果。但那是权宜的措施，公众是不知道的，不比在公堂上的正式落案。就在陆炳这样的刽子手身上，也分明感受到了礼教的沉重压力。

雪艳的聪明与判断看来确是远远地超过了陆炳。就在那次短暂的“背审”中，她开门见山地告诉汤勤，原来她心里早就有了“汤老爷”了。那是在前年进京路上，一次雪艳登船几乎落水，幸亏他及时拉了一把。从这时起，她心里就有了“汤老爷”。

雪艳的勇敢与决心确是超过了陆炳。在公堂上，陆炳踌躇着不肯落笔，还是雪艳一句“好一个不明白的陆大人啊!”促使他下了决心。陆炳几乎是闭起眼睛写下了判词，把雪艳判给了汤老爷。一切全由命定，无能为力，何况雪艳又是自愿。

陆炳第二天一直呆坐在书房里，心情很坏，等候着必然要袭来的公众的谴责。一直坐到深夜，派去新宅为汤老爷贺喜的人回来了，带给他吃得大醉的汤勤已被刺杀在新房里面的消息，同时死去的还有新娘雪艳。陆炳心里立即明白了，暗暗唤了一声“惭愧”，脸一板，大声说道：“备马，到新房验尸去！”

金殿

秦二世的宰相赵高坐在书房里修本，女儿陪坐一旁为老父磨墨伸纸。房里静悄悄的，月光透过纱窗在墙上映出了一树老梅的婆娑枝干。父女两人没有话，只听得墨锭在砚底磨出沙沙声音，单调而寂寞。

赵女穿着黑色的丧服，神情严肃而悲苦。不施脂粉的面庞依旧散发着妙年少妇的光艳，眉头眼角的哀怨更加重了端庄凄楚。她偷眼向执笔沉思的老父看去，眼光落在胸前垂拂大半苍白了的须髯上面，一时竟产生了难以解释的迷惘。坐在身边的仿佛是位陌生的老人，不再是一直朝夕相依的老父了。

半年以前，为了收买、拉拢朝廷上的对手，把女儿当作政治筹码的是他；拉拢不成，下毒手陷害了女婿全家的也是他；当女儿以年轻寡妇身份回到身边，又发了慈悲给皇帝上书要求赦免女婿一家“罪责”的又是他。三种截然不同的面貌、性格怎能在一个具体的人身上统一起来，这不能不给她带来极大的困惑。

赵高仿佛对女儿满怀愧悔，主动地草下了理想的本章，以他在朝中的权势、年轻的小皇帝对他的信赖，本章是会产生好效果的。赵女好像也多少感到了宽慰，向老父赧然一笑，她已经很久没有笑了。

是老父回心转意了么？是自己又重新获得了人的地位，不再被看作货物、筹码了么？在赵女心中重新升起了希望，也许是奢望，她吃不准。正像在大海里发现了一根草，她祝愿它会化为一棵树、一条船，好载了自己躲开不幸。

这时她看到了窗外有一个影子一闪。

她没有看清楚，只是一个人影。但她自己却立即被唤出，送回了绣房。她身边的哑奴（一个不会说话的伶俐侍女）告诉她，一面频频比着手势，这影子是个无比尊贵的人物，老爷一看见他就下跪。什么人能使宰相下跪呢？她又被告知，在被发现之前，这个影子已在窗外勾留了许久，窥探了许久了。

猜出这影子是谁是容易的。哑奴告诉她，在她嫁出去的日子里，这个“影子”就开始在家里出现了，还常常在夜里。老爷一定准备了许多好玩的事物，才使他每来都流连到夜半。“影子”一来，老爷就吩咐把人赶开，关起门来，因此哑奴也说不清他们说些什么，玩些什么。赵女轻轻地叹口气，锁起了双眉。

奇怪的是，今天“影子”匆匆而来又匆匆而去，她随即又被唤去书房，看见迎面站着的父亲盯住自己只是笑，匆忙地告诉她，修好的本章已经亲手递给了小皇帝，而且立即得到了他的批准。赵高不说下去，看着女儿只是笑，这笑使她毛骨悚然。这是一对发现了猎物的眼睛，欣赏心爱珍宝的眼睛，这样的眼睛里有火。

“恭喜我儿，贺喜我儿。”赵高说，他的双眼眯得更细，花白胡子簌簌地抖。赵女的心凉了，她明白，不管怎样挣扎，不情愿，自己命定还得是货物、筹码，只是这次遇到了更尊贵的买主。赵高用宣读诏旨的口气宣布：“明日早朝，送进宫去!”竟是那么快，她又要被送到那个永远见不得天日的地方去了。

赵女发现在这个世界上已经再没有亲人，除了身边这个不会说话的侍女。

哑奴从她是孩子时就和她做伴，陪她遍历了人生艰险，懂得她最隐秘的心事，哑奴不会说话，可是有时只有她才懂得的手势却能表达丰富的情感。哑奴的聪明有时可以为她解除大大小小许多疑难。

她先是向父亲抗议，明知无效但还是抗议了。

“爹爹你身为当朝首相，怎么，连这羞恶之心你你你都没有了么?”她搬出了从小读过的圣经贤传中最响亮的词句。赵高哪里听得进这些，更不耐烦与女儿分说，他紧逼着提出了责问。

“难道你不遵父命!”

“难道你敢违抗圣旨!”

这是从全部圣经贤传的千言万语中提炼出来的精髓，不容违反的律条。能使一切世俗习惯、道德准则统统化为空话，一下子就能判定辩论是非的律条。

赵女知道身后已再没有了路，如有头脑，如有理智，就再不能屈辱地生存，除非她立即化为狂人。这时她看见了哑奴焦急做出的手势，教她脱下衣服，拔去钗环，抓破头面，一直倒在地上打滚。是的，只剩下这唯一可行的逃避屈辱的路了。

赵女出乎意料的举动先是使赵高吃惊，继而怀疑，最后默默承认是自己逼疯了亲生的女儿。她亲昵地抓起他的袍角，偎依在他的身边，先是叫他“儿子”，后来叫他“丈夫”，还要拖他到后房去。赵高懂得这是一个失去丈夫的新婚少妇内心活动的发作。一个正常女人锁在心里的话，她毫无顾忌地说出来了。除了疯狂，不应该有另外的解释。

赵高心中也曾闪过一个做父亲的短暂的悔恨，但立即为更强烈的懊丧心情取代了。他为手中价值连城的资本顿时化为一文不值的废物而深深懊丧、哀叹。

赵高不想甘冒欺君之罪，第二天还是把确信已经发疯了的女儿送上了金殿。

秦二世这个年轻的皇帝、小流氓，一早就坐在金殿上等了。他早已得了报告，他满腹疑团，他不相信昨夜灯下看见的美人一下子竟发了疯，他更不相信他宠信的宰相会欺骗自己。他深信赵高的忠诚，也深信赵高在自己的权势与女儿的贞节之间不会做出错误的判断、选择。

坐在宝座上的小流氓紧盯着发了疯的赵女在殿陛前下了凤辇，她盛装着，凤衣斜披在身上，脸上还留着昨夜的抓痕，但却更显得俏丽，跨着不像是女人的步子，反而更大方了。

她脸上堆着笑，大步跨上金殿，左右顾盼，向两旁的官员们微笑、招呼；走过用金瓜、斧钺组成的“刀门”时，两只小手一挥，就使武士们后退。

哑奴被留在了午门外面，只剩下自己面对张牙舞爪的敌人。这时已不能后退也来不及后退，她定了定神，看见坐在大殿正中的小皇帝和分班站在两侧的大臣们，老父紧靠着宝座，在皇帝耳边说着什么，一面指点着自己，正像商人向主顾介绍自己的货色似的。

她每走一步都觉得非常艰难，脚下沉重得很。她必须十分留神，不能露出一点破绽。她没有按朝仪在皇帝面前下拜，只是轻轻道了一声“万福”。

反常的行动得到的是正常的理解——讪笑，皇帝和大臣们一起笑了起来。赵女耸起双耳细听朝堂上的反应，猛然一惊，不能停留在这地步，她也拍着手笑起来，在朝堂上打着转，用手指着皇帝，用笑宣泄了一个少女的全部激情。

“你笑我疯癫，我笑你的荒淫无道。”她走了一圈，走到父亲身边，拍拍他，二老哥，列位大人，你们听——

“想先皇当年，东封秦岱，西建咸阳，南收五岭，北造万里长城。指望江山万代，永保平安。不想你这昏王荒淫无道，不理朝纲。这天下乃人人之天下，非你一人之天下，似你这样任用奸佞，沉迷酒色，这天下，你是未必坐得长久哟！”

在那样的时代，那样的场合，只有“疯子”才能自由说出人们深藏在心底的话，也不是每一个“疯子”都能幸运地得到这样的机会。整个大殿里没有一点声音。那些大臣、内侍、武士都像木雕泥塑似的站着，没有谁出来呵斥、打断，人人都偷眼望着赵高，好像只有他才能判决这“疯话”是真理还是谬误。连高坐在宝座上的小流氓也满脸迷惘地看着赵高，好像失悔不该逼了赵高把发了疯的女儿送进宫来。赵高埋怨地望了皇帝一眼，没有话。

整个大殿，寂静得没有一点声音。

赵女扯下了头上的凤冠，脱下身上的霞帔，卷作一团，扔在地上。她想，装疯是不能停顿的，疯话也是没有限制的。她在脱在地上的宫装上践踏，发出高兴的笑声。

“若再疯癫，斩头来见！”在皇帝看来，疯病是可以用死的威胁来治疗的。

“哟哟哟！我也不知道这皇帝老官有多大威风，动不动就要斩头来见！”她向上望去，嘻嘻地笑了。说不定这将是最后的笑，那就得笑得畅亮，笑得勇敢，使笑声永远在人间回荡。

“你可知道，一个人的头斩了下来，是还能长得上去的！”

在金殿上表演了好半日，幸而没有露出破绽，她实在感到了非常的疲倦，她再也控制不了自己，最后说出了这句完全清醒的回答。但没有谁听得懂这话里的意思。

赵女终于被赶下了金殿。她拖着沉重的脚步走下了殿阶，浑身几乎没有了半点力气。天空显得分外的亮，一片晴空。她只觉得发晕，眯着眼四下里搜寻。她看见等在午门外面的哑奴飞也似的奔来，她张开双臂，蹒跚地向前迎去，一下子扑在哑奴怀里，放声地痛哭了，她像再也站不起来。她觉得已经筋疲力尽了。

奇双会

褒城县县令赵宠刚从乡下视察回来。下了马，用双袖扑打着衣襟鞋子上的尘土，快步走进了二堂，口里不住地唤："取茶来，渴坏了，赶紧预备晚饭。"赵宠一面大口地喝着茶，一面用眼睛四处搜寻，"夫人呢?"往常在外衙办事，每天退堂，新婚的夫人早已等在二堂进口处了，亲手替他免冠，脱换公服，亲热地问这问那。怎么今天他远道出差回来倒不来迎接。在外面七天，他的心一刻也不曾离开家，桂枝双颊的酒靥无时不在他面前闪动。难道这一切她就一点想不到么。在马上，在梦中，曾千百次地唤过她的名字，难道她竟连一个喷嚏也没有打过么?

一对少年夫妇在内室中对坐。桌上放着杯盘和一盏闪着温暖的光的红纱灯。桂枝不说话，赵宠举杯，桂枝也举杯，但只在唇边碰一下就又放下了。

"你是不舒服么?"赵宠问。桂枝轻轻地摇头。

赵宠下乡的日子里，桂枝夜里一个人坐在灯下刺绣，往往刺到夜深。县衙后堂隔着一堵高墙就是监狱，起更以后四周是死一样的寂静。一连几夜她都隐约地听见隔壁传来的呻吟声。这声音是微弱的，有时是凄厉的，显然出自一个老人口中，在这断续的呻吟中夹带着非常的悲苦，使桂枝无法就枕，睡下了也不能成眠。忍耐了几日，等不及丈夫回来，昨夜她带了侍女，叫开了监门，进去查看，却意外地发现夜里不住呻吟声唤的犯人竟是自己的老父李奇。听他哭诉了被后妻陷害问成死罪的经过。

这一切怎么对丈夫说呢？他能原谅自己私开监门的大胆越轨行为么？当他知道自己的岳父是一名管下的死囚时，又会有怎样的反应呢？

赵宠在灯下捧过桂枝的脸，对着那一双盈盈泪眼，用手轻轻拂拭她紧锁着的双眉。她挣开，别过头去，生气……可是总躲不开丈夫的抚爱。她撇着嘴笑了，泪水也跟着流出了眼角。

赵宠弄清楚这是前任留下的一件冤案，已经上级审批定案，等候秋后执行了。作为一个父母官，他有保护子民、捍卫法规的责任；作为子婿，他不能眼看亲人含冤死去；作为丈夫，他不能忍心坐视爱妻陷入绝望的痛苦不顾。如不能改变这冤案，可以肯定他的幸福生活必将遭到极大的破坏，今后闺房中将从此失去欢笑，只由泪水与哭声代替，不论他愿意承认与否，这才是使他感到最大威胁并力图摆脱的不幸。

可是赵宠只是一名新任的县令，一名小小的七品县令。他无权改变判决、成案，只有执行命令的职责。

赵宠不愿将这一切困难在桂枝面前摊开，他宁愿给她提供哪怕是近于虚幻的希望，只要在她脸上出现暂时的开霁也好。

“有了。”赵宠扬了扬眉毛，“前天看见火牌，说新按院出巡路经褒城，要在此下马。听说这位大人是新科进士，少年精干，不是那般老迈昏庸之辈，案子如落在他的手中，重新审理，翻案昭雪就有望了。”

“那么，只要在按院大人面前递上一张冤状……”桂枝问。

“就是这样。不过先得有一张状词，还要亲自递在大人手中。这递状人，又要由犯人的亲丁出面，应审……”

桂枝刚解开的眉头又拧在了一起：“这状纸么?”她呻吟着。

“下官能写!”

“你会写状?”

“堂堂七品县令，每日审理民词，这写状么，是容易的。”

“有了状纸就好。说不得我就是拼死拼活，也要把状纸递上去。”

“你真能递得上么?”赵宠心底涌起了无端的痛惜，为桂枝的单纯深深打动，“你可曾见过按院下马的气派场面，大人身边那么多执事、军马、随从，你能挨挤得上么?只怕还没有看见大人的脸色，就给马踏扁了。”

状纸一直写到深夜，还不曾好好打个盹，赵宠和桂枝就起了床。

赵宠穿了大红官服，天不亮就赶到按院下马的衙门里，指派衙役打扫、安排，等一切舒齐，才赶回来吃早饭。这时桂枝已照昨夜的商议，扮成了一名县令的随从。青衣小帽，粗看上去倒也蒙混得过，只是她的一头浓发把小小黑色帽子垫得过高，露出了秀丽面庞，作为一名贴身小厮也不免显得过于标致了。

赵宠要她试走两步，也完全不像个随从，甚至不像个男子。

赵宠教她怎样穿了男人的靴子走路，怎样使两手下垂而不总是放在胸前，怎样装出正经、严肃的样子，收起一切羞怯、不安。最后还教给她将状纸藏在贴身的地方，在按院接见过下属官员即将退堂之际，不失时机地喊冤，然后跨前一步，跪在阶前，摸出状纸顶在头上，等候差役来取。桂枝细细听着，不时点点头，默默地将这一切都记在心里。她看着赵宠，看他强压下焦急不耐换上的不自然的微笑，充满感激。她一下子又忘记了“不许哭”的反复叮嘱，呜咽了，她扑向赵宠身边，埋头在他的胸前，汹涌的泪水沾湿了簇新大红官衣上的补子。

按院的临时行辕热闹得像集市。辕门外面一溜放着“肃静”“回避”和写着长长官衔的执事牌，一对大红纱灯上也写有巡按字样。军健、马匹都集中在左手广场上柳荫下面。老百姓远远围成了一道人墙。前来禀见的地方大小官员陆续在辕门前下马、下轿，直走进去，递上手本退归两旁分班肃立。赵宠带着桂枝先已进入按院行辕，安排她躲在仪门后侧。赵宠自己参见了，退到仪门边站了，等候按院开口。

参见结束时，官员们鱼贯退出仪门也要按职别等级排列先后，赵宠却有留在最后的方便。大堂阶下差不多接近空落时，赵宠向仪门后使了一个眼色。一切都按预演的程序进行，青衣小帽的桂枝，喊出一声“冤枉”，就在甬路边跪下了，她几乎是俯伏在地下，一张状纸在头上索索地响。

听得见大人在堂上问话和衙役照例的回答，取去了状纸，接下去是桂枝被唤上堂去。赵宠听不清那问答，但可以断定也是属于正常程序之内的。一下子寂然，没有了下文。时间过得真慢，赵宠像热锅上的蚂蚁，又不好去看个究竟。这时他才失悔不该想出这样一条高明的主意，准是桂枝的女扮男装被发现了，这一条就能判个收监勘问。想想桂枝要被收监，赵宠真是不知怎样好，不是在按院行辕，他准会呼天抢地，乱扯自己的头发。

情形真的有些不妙。只听衙役一起吆喝了一声“掩门”，一转眼，大堂上已经空落落了。一个上了年纪的老头儿慢吞吞地踱过来关仪门，奇怪地发现赵宠还站在阶边。

“您还在这里伺候着么？大人退堂了，今儿没有什么事了。”

赵宠狠狠地盯了老头儿一眼，大步赶到堂前，果然，巡按大人、书吏、二爷、站堂的……统统不见了，自然也包括桂枝在内，只剩下一个年轻的杂役在那里扫地。

“你看见刚才告状的那个女人……不，那个告状的，他，他到哪里去了？”

杂役停下手中的扫帚，有趣地打量着患了失心疯的县太爷："那个告状的么，大人看了状子，看出了告状的是个假扮男装的女人，吩咐带到后堂去盘问了。"一面说，一面贼忒嘻嘻地笑，又放低了声音，"她是您的什么人呢？"

赵宠大吼一声"混账！"就窜到了二堂门口，又猛地收了步。

赵宠大声喧哗擅闯辕门，也被带进了二堂。他站在按院大人座前只是抖，在杂役面前答不出的难题在这里更开不得口。

"那告状的，她是什么人？"

"她是下官的……"赵宠被逼得面色紫胀。

赵宠恨得牙痒痒的，心头一片火。恨自己的蠢，恨按院的手段辣，恨自己没有骨气，竟像落在猫儿手里的老鼠，连句老实话也不敢出口，连妻子也不敢承认。赵宠咬咬牙，取下了纱帽，扑地跪在按院面前，大声说："那告状人正是下官的妻子……"赵宠猛一抬头，看见了按院嘻嘻的笑脸。"毫无心肝的东西！"赵宠在心里骂。就在这当口，盛装了的桂枝从屏风背后摇摇地踅了出来，脸上也堆着笑。赵宠忘记要说的话，只是呆呆地张大了嘴，眼睛里似乎喷得出火，烧得死人。

桂枝踅到公座后面，纤手轻轻地落在按院右肩上，凑近他耳边悄悄说了几句话，然后两人都盯着赵宠笑。

不过片刻的沉寂，好像真的很长很长。

难怪赵宠怀疑在做梦，桂枝和按院也觉得意外。在这情形下，桂枝遇见了失散多年的兄弟，赵宠拜见了自己的上司舅爷，李奇也从老犯人化为封君、老太爷。难怪他在看见儿子、女儿、女婿时怀疑“这不是做梦”。他仔细打量着桂枝，这个被赶出家门的女儿，仿佛认不真切，桂枝却有点误会，端正了一下衣衫，移近两步，装出郑重的口气告诉父亲：“儿是夫人了！”未等笑出声来，这时，两粒晶莹的泪珠早已凝集在她那细长的眼角里了。

惊梦

春天下午，是那种给人带来无端慵倦的天气。太阳正好，也许是太好了，才使盛开的花朵低垂，使柳丝飘拂得无力，使杨花毫无目的地漫天飞扬。

十六岁的杜丽娘几乎拿不稳手里的绣绷，针早已停了，彩线也重得拈不起，何况又是那么长。她只好叹口气放下手中的活计。

春香不知跑到哪里去了，也许是躲在后楼里打瞌睡。

不知怎的，近来她隐约地感到了母亲对自己明显增添了的关心。娘总是习惯地摩着她那头又厚又软的黑发，频频叹息着，好像有无穷的心事。“孩子，你知道做娘的辛苦吗?”她仰面看着娘的眼睛，迷惑不解。娘并不亲自照管自己的生活，可是她知道，娘的心时时都在自己身上，娘确实辛苦。

娘说过：“女孩子不能大天白日里睡午觉，那是懒婆娘才干得出来的，没规矩没教导的。”

娘又说过：“那花园子里一直没有人，女孩子要少去。万一碰上个花精柳怪，就不好了。”

娘还有好些别的教导。娘疼自己，从不说什么叱责的话，可是娘的眼睛却厉害。哪些是允许的，哪些就不行，这些从娘的眼神里都能看得清清楚楚，甚至她能用眼光给你划出一个活动的圈子来。

杜丽娘的绣房里不仅有梳妆的镜奁、女红的刀尺，还有笔砚、纸绢。她喜欢画两笔。开头只是描几张花样子，后来也试着画画人物。她有一册仕女图，闲时就照着临摹。她觉得仕女图里的美人都和自己差不多，都那么美，那么文雅，又好像都有什么心事。杜丽娘想自己并没有什么心事，因此觉得奇怪，不可理解。

除了仕女图外，还有一部《列女传》，也是娘给的。书里有许多幅刻得精致的图像，画的也都是女人。每幅图写个故事，这些故事又往往是不幸的。女人的不幸好像又总与男人有关。她想也许这就是娘千叮万嘱的用意所在，只要一辈子不见男人也许就能免去一切不幸的吧。

杜丽娘也确实没有机会看见更多的男人，除了自己的父亲和在书房里坐着的老夫子。她想，世上的男人一定不都是这模样的，难道他们真能为女人带来那许多形形色色的不幸么？

《列女传》里写的都是不幸女人的故事。看来一定还有更多幸福的故事，不过作者没有写也不肯写。她常拣父亲不在家时偷偷到书房里去看书。父亲的书真多，一叠叠、一堆堆都放在书架上。案头床角则零乱抛置着一些小册子，全不是什么大部头的圣经贤传。她只能抽空翻阅，一见人来就立刻放下。就这样，她断续地读了《花间集》里的许多名篇，尽管这里面没有故事，却能摸到青年男女的心，摸到了心也就看见了故事。更使她吃惊的是，世间竟还有写得那么真切、完整、大胆的故事——元微之的《莺莺传》。这是她分两回才读完的，一面读一面沉思、回味，使自己脸红心跳，舍不得一口气读到结局……

在春天下午的深闺里，杜丽娘忽然想起了这些故事。她不只记得情节，还能背得出那些不易忘却的片段，想赶也赶不开。

春香不知道从哪里钻出来了，伺候她梳妆，梳洗好她们要到花园里去。春香说，园里的花差不多已经开齐了，只除了牡丹。等到牡丹开，春天也就要去了。

她轻轻坐下，面对着妆台上的宝镜，试看自己的面庞。看到双颊上的红印和堆满了慵倦的眼波时，蓦地倒转了头颈。这时镜中出现了少女的侧影，高高的云鬟，簪在额前微颤着的步摇，她为自己的美丽吃惊了。

“小姐你好标致。”春香说，“这身衣服颜色也配得好，茜红衫子越发衬出了雪白的皮肤，乌黑的头发。小姐，你真是美人。”

她默默看了春香一眼，没说什么。

她让春香扶了缓缓走出绣阁，小心地穿过布满苍苔的花径，推开了虚掩着的园门，只觉得眼前一亮，小小的一扇角门竟关住了如此丰满、充溢活力、五彩缤纷，使人张不开眼的春光！

她在花园门口停下，有些迷惘，有些眩晕，竟不知怎样走进这春光中去。她想起从书上看到过这样的话："春深如海。"是啊！春光真像海似的深，像海似的神秘。

春光绝不是静寂的。燕子拖着双剪飞快地从身边掠过，黄鹂藏在高柳梢头，或歌唱，或呼唤，它们也为眼前的春光而激动，而欢跃。眼前一片生机，连花草也是有生命、有情思的，也懂得欢乐与哀愁。它们知道花开以后要落，春天是美好的，也是短暂的。应该珍惜，及时抓住这美的一瞬，可是轻轻放过不加一顾的也不是没有。今天她如不是冒险甘犯慈命偷偷来到园里，这眼前的一切不就与她没有关系，并不存在了么。

她的心乱得很，有许多话想说，只是说不出口。眼前没有一个能懂得她心思的人。她让春香扶了，走过画廊，走过花圃，穿过假山，来到水榭一侧的平台。放眼望去，对山是一片盛开的杜鹃花，红得像一片火。她心里乱得很，想静静地坐一会儿，她让春香去看看老夫人午睡醒了没有，一个人倚着太湖石在石凳上坐了，痴痴地伫望池水和使人目眩的山花。

春香去后，她恢复了心头的宁静。

当春香在身边，她在这里感到可怕的孤独，春香去后，孤独感却一下子消失了。春风，杨柳，燕子，黄鹂，火红的杜鹃，斑斓的芍药，茸茸的绿草……眼前的一切，顿时都化为有知觉有情意，能互通情愫、倾诉衷曲的对象。她想起娘说过的花妖，眼前出现的正是这样一大批可爱、可亲近的精灵。她转过槛脚，凭栏下望，在红色游鱼丛中看见了自己的影子。她十分惊喜，她不怕谁偷听，在这里没有值得保守的秘密，她想任情盘问躲在池水里的那个痴丫头，让她回答一切深埋在心底的隐秘。这一切，无论在娘面前，在春香面前，都是无法出口的。

她抬头望去，远远太湖石边，转出了一个穿了白绸衫子的少年身影，手里拿着碧绿的柳枝。她凝眸细看，这秀才好面熟，可记不起曾在哪里见过。这时她记起在古人诗集里看到过许多“折柳”字样。为什么人们在送别情人、怀念远人时总要折一枝杨柳呢?

拿着柳枝的秀才微笑着，缓缓地走近来了。她静静地坐着，心里平安得很，应该来的终于来了。

秀才走近来，在她身边轻轻坐下，她觉得他的帽檐碰着了自己的鬓角，颊边嘘拂着他的喘息，耳中传来了他的絮语，听不真切，其实也不必真切。这些话她早已在自己心中重复过无数遍了。

她接受了秀才的提议，两人并肩缓缓向园中走去。她不说话，只是听；她觉得自己脚步从来没有如此轻盈过，心里从来未有这样充实过。他们沿了池畔走，看鸭子在池中缓缓地游，悠悠的，她忽然想起“春水船如天上坐”，这真是一句好诗。她觉得自己这时在天上了。

走倦了也说倦了，他们选了一处太湖石坐下。头上是一树开足了的碧桃，他们在树下坐了许久。风儿吹下了一阵红雨，花瓣儿洒得满头满脸，坐着的人兀自不动。这样下去，早晚他们会被落红埋起来的。

痴梦

这一阵子崔氏吃过午饭总要到自家门口站一会儿。

她的心情经常陷入说不出的又宁贴又忐忑的那么一种状态，仿佛时时感到精神恍惚，这是生活突然从费尽心思张罗柴米的困窘状态转入粗茶淡饭的小康局面的结果。这使她一下子觉得忽地闲下来，竟连手脚好像也没处放了。因此她就常常一个人来到门首闲眺，望望那远远葱翠的烂柯山，那从山脚伸出来的崎岖羊肠小路。这时，一幕幕赶也赶不开的往事就会蓦地兜上心来。

她经常是呆呆地望着那山脚，一望就是好半日。她细细回忆，自己是怎样一步一跌地从那条崎岖山路上走下来的。不容易啊！出嫁前父母的嘱咐，“好马不备双鞍，好女不嫁二夫”的社会舆论，曾多少次抑制过她那“非分”的念头！跟只会抱着一本破书的书呆子朱买臣过了那么多年苦难的日子。这个书呆子，就是落到上山砍柴度日的境地还不忘在柴担上放一本书，一面走一面嘴里不住地吟哦，念得出神一跤跌在路边的时候也不是没有过。想想这些往事，崔氏不禁又好气又好笑，她长长地叹了口气，到底从这个无指望的家中逃出来了。

她记得开始时也曾相信过朱买臣的话，说从书本里是会读出黄金的屋子和高车驷马、凤冠霞帔、成群的奴婢等来的。朱买臣是个好脾气的温柔的丈夫，她偎在丈夫怀里听着这些对未来的美好描述时，也确曾深深相信并沉醉过。朱买臣是个老实人，不像是个红口白舌吹牛说大话的汉子，这一点到今天她还是相信的。只怪他给鬼迷了心窍，他是真心实意地相信着这一切的，并非挖空心思编造出来欺骗自己可爱可怜的妻子。可是她终于“悟”出，这一切都是神话，是不可能实现的梦。当然，邻居女人的议论也是起了不小作用的。“年轻轻的，花朵似的人儿，跟着这疯疯癫癫的书呆子，到哪一天才是个了局。别听那些胡言乱语了，几时看到顶马官轿抬进过这山沟里来!”

每想到这一切，崔氏心里总是软软的，伴着轻微的痛楚。书呆子当然并不可爱，可是比起现在嫁的这个丈夫来，到底是不同的。她现在想的是吃穿不愁，可是失去的是什么呢？她说不清楚。她一直在掂量着自己采取这断然举措的得失，不过这是一笔无力算清的账。

她并不后悔，可是也不能没有丝毫负疚的心情。尤其是她最后下狠心逼着朱买臣写下休书的那个夜晚，事后想起都有些后怕。她果真是这样一个狠心辣手的女人么？这一切都是邻居女人帮她策划的：“只有这一招了，要不你就死心塌地地跟他一块饿死，冻死!”

那天夜里她咬咬牙使出了这最后一招。朱买臣的眼睛都直了。她把笔塞到他手里逼他在休书上画押时，他的手发抖，仿佛教孩子描红似的，是她手把手逼他画了押。随后她就冷不防把休书抢过来，塞进怀里。朱买臣像一堆泥似的瘫倒在那里，没有表情，没有声音，空房里只留下她转身离去的冷笑。

想到这里，她总不禁要打个寒噤。她多少次下决心不再去想这一幕，可是每次最先钻进心来的总是它。

她把发呆的眼神从山脚移过来，移到大路边，和过路的新邻居招呼。这些女人脸上倒都堆着笑，可不知怎的，笑声里好像总夹杂着一点恶意。无聊！她想回家去了。

她刚要推门时，被身后两个公差模样的人唤住了。他们的口气却来得意外的和善，称她“大娘子”，他们是问路的，要打听一位新任本郡会稽太守的家，去报喜。稀奇！会稽郡的太守官大着呢，手下管着多少县，怎么不上大县城去找，偏偏钻到这山窝子来。

“这位朱老爷家不知住在哪里?”

崔氏听了心里一动：“哪位朱老爷?”

“就是朱买臣，朱老爷。”

“喔，是他么?”崔氏觉得一阵昏眩，怀疑该不是做梦。两个公人看她像是知情，又施了一礼，说：“还望大娘子指引。”

崔氏转过身来手指着远处的烂柯山，只是点头，半晌也挣不出一句话来。

“朱老爷，他，他，就住在那座山下面。”她费了好大力气才用这句话把公差打发上路。

崔氏从厨下端出了饭菜，坐下来，坐了一会儿，又收拾了，竟忘却去动筷子。她剔了灯，收拾了衾枕，在床边坐下，却不去解衣。她觉得疲倦极了，想睡下，可是时间还早，只是这样呆坐着也不是事。这时墙角的蟋蟀一阵阵叫起来了，叫得人心慌。

崔氏双眼随着灯焰移动。她在听，街上的人声慢慢沉寂下去了。隔壁人家关了门，上了门杠。再下去就再也听不见一点人声，只有蟋蟀还在叫。

难道这一切都是真的么？公差找到那书呆子了么？找不到就该再回来向她打听，找到了就不会来了。她失悔为什么不把公差让进家里坐，请他们吃茶，告诉他们住在这里的就是新太守的夫人……我能这么说么？怎么不能！朱买臣又没听说另讨了家小，自己离开朱家也只不过有数的日子。

今天蟋蟀叫得也有些特别。也许是平常听惯了不留意，细听时，却是有节奏、有韵律的。猛地，灯盏里结了个大灯花，爆了，撒开来，铺开一片火星，在她面前展开了一片灿烂光明。

是谁？门敲得那么急！也许是两个公人回来了。崔氏忙不迭地跳下床，三步两步去开了门。不只是两个公人，后面还跟着一大群。院子、衙婆、七八个皂隶，手里都捧着大红漆盘。崔氏正迟疑时，院子、衙婆早跪下去了，使得她也跪了下去，但立即被扶起，被扶在座上坐了。皂隶们一连串拜了下去，红漆盘都高高举过了头顶。

“我等奉了朱老爷之命，特来迎接夫人上任。”

崔氏定了定神，呆呆地望着跪在地下的一群。身子被扶得定定的，半点移动不得。她在想，这可好了。要紧的是不能错了太守夫人的身份，给老爷丢了面子。刚才院子、衙婆见礼时她竟也跪了一跪，就简直要不得。可是太守夫人到底应有怎样一套言谈举止，心里却半点也没有谱。不由得又怪起书呆子来，为什么不自己来接呢？

“那朱老爷……”

“朱老爷奉了皇命，星夜赴任去了，临行特派小人等来接夫人随后赶去。”不等她把话说完，院公就说清了原委。这时衙婆站起来，取过皂隶手中的红漆盘，凑将过来。

“夫人，现有凤冠、霞帔在此。”仿佛这就是他们此来的信物。一片银光照得她眼花，一颗颗晶莹耀目的珍珠镶嵌在金银翠贴的冠顶。崔氏只从戏台底下遥遥地望见过这东西，朱买臣倒是告诉过她这凤冠的形制，可惜被她一顿抢白打断了。想到这里，她真觉得有点歉然。到底是知疼着热的丈夫，竟把这凤冠送到她面前来了。

正当崔氏呆呆地出神，院公做了一个手势，几个皂隶取出了随身的乐器，吹弹起来，吓了她一跳。衙婆随手取过凤冠，端端正正地给她戴了，又款款地扶她立起身来，顺手又把霞帔披在她身上。这是大红锦缎、平金绣了海水锦鸡纹样的。衙婆扶着她走了两步，她只觉得有点眩晕，摇摇的，步子都走不稳。在鼓乐声中移步，俯视身前，只见一片耀目的大红。她眯起了眼睛，嘴边漾出一丝平安、愉悦的微笑。她想，自从嫁到朱家以后，还从未这样安舒地笑过。这是从心底迸出来的笑啊！这是没有声音，但却一阵阵使内心产生震颤的笑。

她真的想睡了。本已感到极度疲劳的崔氏，又经过一番折腾，就再也支撑不住，竟自身不由己伏在案上。又不知过多久，在官轿里走了很远的路，最后终于到了太守的官衙。一声号炮，两扇厚重的黑漆大门打开，轧轧地响。她望见穿了大红官衣的朱买臣笑嘻嘻地从大堂上走了下来。她心里慌得很，想快些下轿。不留神，一下子碰到轿门的横杠上。

案上的残灯又爆了好大一个灯花，接着灯光就暗了下来。崔氏怔怔的，什么都没有了，院子、衙婆、皂隶、轿夫、凤冠、霞帔……连同笑嘻嘻穿着大红锦袍的朱买臣，通通没有了。

鼓乐声也没有了，只有蟋蟀似乎叫得更加起劲。从破墙高处漏进了半轮圆月，皎洁的银光照得满屋亮堂堂的。

醉酒

高力士在沉香亭畔看着宫女们在调排案几，安置盆花，准备酒果、宫烛，跑前跑后，指指点点，不停地挥动着手中的牙柄麈尾。虽然刚交初夏，额头竟自沁出了细细一层汗珠。

当时正是大唐的极盛时期，天下太平，域内丰足，边境安谧。明皇几乎把全部精力都花在女宠游乐上面，唐宫里正是朝朝宴乐，夜夜元宵，一片鲜花着锦的繁华景象。好像人间的快乐已经再也装载不下，要漫过高高的宫墙，涨溢到外面来了。但高力士心头却没来由地浮上了一层细微的不安，好似太液池头传来了阵阵隐约雷声，不知道是否会带来一阵雷雨。

明皇几乎有半月光景没有和杨玉环在一起饮宴了。当然谁都知道那原因，但谁也不肯说。今天贵妃吩咐备酒时的神态、语气也有点古怪。为什么不在殿里而偏偏选上这沉香亭？高力士不喜欢这地方，他在这里出过丑，可是他没有猜到，这正是杨玉环选上这地方的原因。她是想借这里的名花、台榭唤醒明皇对往事的回忆，记起他们曾在这里度过的好时光，记起李白写的《清平调》，记起明皇自己说过“赏名花，对妃子”的话……这个小女人在当前小小的尖锐斗争中的确费了心机，不过到底还拿不准有几分把握。

杨贵妃穿上了盛装，由宫女们簇拥而来，脸上一片喜悦的晴光，可是没有谁理会这中间也出现过偶然一闪的阴影。她带着矜持的微笑看花，路过玉石桥时看水里的金鱼和懒懒偎依在一起的鸳鸯，好像这一切都非常新鲜。她缓缓地来到御案前就座，瞥了一眼身边空着的并排的另一副宝座。她在心里叮嘱自己要沉住气。宫女们捧着分内的执事，高力士、裴力士眼睛看着地面，按仪注一一站在各自的位置上。好长啊，这等候圣驾来临的时刻。

那是昨天，杨玉环退朝时在宫里迎候皇帝，抽空在玄宗耳边提出今晚在沉香亭夜宴。玄宗脸上漾着笑，静静地听着。近来玄宗脸上新添的这种捉摸不定的神色，给她带来很大的苦恼。她好像失去了什么，再也拿不住他了。她明白引起这种变化的原因。她想通过主动的努力，重新扇起玄宗心头日趋衰颓的情热。这是一个冒险的试验，就看他来不来了。

当知道玄宗今晚终于不会到来，御驾是向梅妃居住的西宫转去时，杨玉环失去了最后的矜持。她下令，“待娘娘自饮几杯”。她要报复，她不再想在奴才面前挽回失尽的面子，她需要的是失去更多的面子，这面子、尊严并非只属于自己，似乎也不应由她单方面加以维持了。

虽然并排的一双宝座上只孤单地坐着一位娘娘，太监和宫女们还是恪守着惯例一巡巡地上来敬酒。酒也有种种名色，如龙凤酒，这是因皇帝和贵妃同饮得名的，现在却只能由她自己独饮；通宵酒，是要彻夜长饮的，但对手又在哪里呢？杨玉环起先还用手中的扇子遮住酒盏送到唇边，随后就丢开了扇子，学男子那样的轰饮；到后来索性从高力士手中抢过酒杯，灌下喉咙。她酒后燥热，站起来打算脱下身上的凤衣，就在欠身时双腿发软，几乎站立不稳。她一手扶着案边，向赶来搀扶的宫女轻轻摇头微笑，为自己的不胜酒力解嘲。

脱下凤衣，换上宫装的杨玉环，蓦地看见阶前盛开的盆花，她想去嗅花。她得俯下身子才能亲近那艳丽的花朵，太监宫女们担心地看她摇摇地蹲下身子，不敢劝阻，不敢搀扶，看她像走出梦境似的眯着迷离的双眼，知道她确是醉了。

可是她依旧唤人再斟上酒来。

太监和宫女们跪在地上用金盘捧上了酒盏。杨玉环就像嗅花似的俯身在盏中啜饮，还衔杯仰身不留下一点余沥。她终于沉沉地醉了。

杨玉环倚着亭槛昏昏地入梦了。

只不过是旧年的春天，依旧是这沉香亭畔。今天她却只能在梦里追回那阵阵欢笑，新谱成的《清平调》歌声和李三郎饧着眼的醉态了。李三郎，这玄宗的小名，只在两种情况下她才能使用，才敢使用。一种是她爱极了的时候，还有就是恨极了的时候。她记起在寿王邸里，就是被饧着眼的李三郎第一次看中，接下去就来了那一连串抹不掉的欢笑的日子。今天她是第一次感到一切都是那么脆弱，不可靠。她在梦里也还是流下了眼泪。接着袭来的则是恐惧，既然宠爱是可以转换的，不长久的，那么还有随同宠爱俱来的一切呢？

梦中的时光像箭一样快，梦里的关山也是能举足飞越的，人世间的忧乐荣辱在梦境中的转换也特别来得快。杨玉环像跨上了一匹无缰的野马，一下子就跑到了深渊的崖角。正当她要喊出声来时，高力士们已经跪在面前轻轻地撼着她的双膝，一面嗫嚅着报道："圣驾来了！"

酒一下子醒了一半，精神也陡长了。她很快地站起来，宫女们一下子来到身边，怕她站不稳。她们踉跄地一起下了亭子，来到花径旁边，照规矩跪下，伏在地上。杨玉环不敢相信这一切是真的，不是梦。她埋头在宫装的长袖里，长久地俯伏着，抱着满脸的惭愧与畏惧，不敢抬头去看那可能已站在面前的李三郎。

杨玉环就这样在地上伏了很久。

等她知道这一切全是骗局，是高力士们为了把她从沉醉中唤醒想出的骗局时，她嗒然了。她呆呆地望着跪在面前谢罪的一群太监和宫女，这些算不得人的人们，忽地感到了难以支持的疲倦，酒涌上来，身子软瘫了。她给宫女们架着，也许是抬着拖着，一步步挨回了寝宫。

这时夜已将半。在静悄的后宫里，从西苑传来的箫鼓歌声格外清亮，这不是《霓裳羽衣曲》，准是按谱新填成的歌子。杨玉环在沉醉中自然没有注意，但落入高力士耳中时，不禁也引起了一点轻微的愤慨。

图书在版编目（CIP）数据

黄裳论剧杂文；彩色的花雨．下/黄裳著．-- 济南：山东人民出版社，2022. 1
（黄裳集．创作卷．Ⅷ）
ISBN 978－7－209－13314－2

Ⅰ．①黄… Ⅱ．①黄… Ⅲ．①杂文集—中国—当代 Ⅳ．①I267. 1

中国版本图书馆 CIP 数据核字(2021)第 117374 号

黄裳论剧杂文　彩色的花雨（下）
HUANGSHANGLUNJUZAWEN　CAISEDEHUAYU（XIA）
黄裳　著

主管单位　山东出版传媒股份有限公司
出版发行　山东人民出版社
出 版 人　胡长青
社　　址　济南市市中区舜耕路 517 号
邮　　编　250003
电　　话　总编室（0531）82098914
　　　　　市场部（0531）82098027
网　　址　http：//www. sd－book. com. cn
印　　装　天津图文方嘉印刷有限公司
经　　销　新华书店

规　　格　16 开（160mm ×230mm）
印　　张　17
字　　数　170 千字
版　　次　2022 年 1 月第 1 版
印　　次　2022 年 1 月第 1 次
ISBN 978－7－209－13314－2
定　　价　50. 00 元